GW01090803

COLLECTION FOLIO

Jocelyne François

Joue-nous *España*

Roman de mémoire

Mercure de France

Jocelyne François, née à Nancy le 3 juillet 1933, vit et écrit à Paris. Le roman, la poésie et la prose, une certaine approche de l'essai, un grand attachement à la peinture constituent son territoire. Elle est l'auteur de sept romans parmi lesquels *Joue-nous* España a reçu le prix Femina en 1980, et *Portrait d'homme au crépuscule* le prix Erckmann-Chatrian en 2001.

Joue-nous España est un roman autobiographique absolu où tous les repères sont situés, nommés, et dont la précision de la mémoire confronte l'enfance, l'adolescence, à la singularité de sa vocation à la vie amoureuse et littéraire.

J'écris pour voir.

BERNARD NOËL
Le dix-neuf octobre 1977.

L'universel n'est pas une loi, qui pour être partout la même ne vaut vraiment nulle part. L'universel a son lieu. L'universel est en chaque lieu dans le regard qu'on en prend, l'usage qu'on en peut faire.

YVES BONNEFOY
L'Improbable,
« Les Tombeaux de Ravenne ».

Un roman est une vie en livre.

NOVALIS

Tout a commencé avec des corps. Des corps en marche dans une rue de l'Isle-sur-Sorgue, une rue sans boutiques, bordée de maisons nobles, mollement sinueuse, tracée entre les deux principales rues commerçantes qui, elles, s'incurvent très légèrement. Cette rue, comme oubliée, les gens s'y remarquent, donc les corps, puisque des inconnus on voit surtout le corps. D'où viennent-ils, ces corps ? Ils sont couverts de signes, de stigmates, on sent qu'ils ont traversé des épaisseurs de fatigue, tout un humus de déceptions. Leur marche, leurs pas. Les vêtements comptent peu. Les visages sont moins perceptibles que les gestes. Des corps qui marchent. Cinq ou six pour toute la longueur de la rue. Et justement au même moment, par une fenêtre, s'échappe une rengaine chantée par une Italienne qui a fait fortune en France. La chanson dit : Rien que toi, ou quelque chose d'approchant avec toutes les comparaisons d'usage. Oui, le résumé c'est : je vis avec toi. Des corps qui marchent. Personne ne lève la tête vers la fenêtre. La chanteuse roule sa voix dans les vagues de l'accompagnement et la rue, rigide, ne bronche pas. À cette heure de l'après-midi (heure où les boutiques ouvrent à nouveau après la sieste) ces corps qui marchent sont des corps de femmes. Elles bougent pour commencer à penser au repas du soir. Moi-même je suis là, je marche aussi et je n'ai bougé que pour acheter du poisson car des amis viendront ce soir, du poisson et tout ce qui est nécessaire pour un séjour qui comportera plusieurs repas. À intervalles réguliers, une liste de provisions se dévide comme une petite voix intérieure attentive, trop bien dressée. Acte accompli tant et tant de fois. Pas un homme ne marche dans cette rue. Je suis une femme sinon je ne serais pas là, à cette heure-là, heure bien plus propice à autre chose qu'à se réciter la fraîche litanie de noms des légumes qu'on met à cuire ensemble en été. Heureusement je l'oublie et je l'ai toujours, en fait, oublié, sinon comment vivre, faite comme je suis ? Et voilà où me frappent ces corps qui marchent. Vêtus de noir ou de n'importe quoi, appesantis, las, ils n'ont jamais échappé, quelque chose les agrippe, les fixe au sol. Leurs fronts et leurs yeux ne se lèvent pas vers les génoises, vers le ciel, vers une lumière qui touche le haut des façades sans descendre dans l'étroitesse de la rue. Le poids de la chair, sa mollesse, la résignation inscrite dans les plis des coudes. Je couche avec toi, chante l'Italienne. Je mange avec toi. D'où viennent ces corps ? De quelle enfance ? De quelles pensées plus ou moins sues ? Ils ne furent pas toujours lourds, quel nom porte ce qui s'est accumulé sous la peau de moins en moins élastique, de plus en plus consentante aux peurs, aux capitulations ? Il faudrait entrer dans les vies pour savoir. On ne peut pas. Il faut une vie entière pour entrer dans la vie d'un seul autre. Les petits aperçus ne sont rien, ils ne font que masquer l'abîme. On ne saura donc presque rien et, avec ce presque rien, avant que la mort ne remette à leur place initiale toutes les pièces sur l'échiquier, il faudra comprendre ce qu'il est désirable à chacun de comprendre. Rue courte, déserte et, par hasard, pas un enfant pour y jouer sur le seuil d'une porte, pas un maçon au travail, et aucun pas rapide sinon le mien. Demain, tout à l'heure, la même rue serait très différente mais j'allais à la poissonnerie à cette heure-là et c'est ainsi, j'ai vu ces corps et sachant bien que je ne pourrais franchir leur histoire, je suis revenue à la mienne. J'ai souri parce que j'ai pensé aux voix conjuguées de mes parents, assis sur le canapé vert qu'ils avaient fini par acheter en plus de trois fauteuils assortis, voix qui me disaient : « Joue-nous *España !* » Mais j'arrivais à la poissonnerie et l'Italienne avait fini sa chanson que j'avais très bien entendue d'un bout à l'autre et qui faisait avec la rue inerte ce collage impressionnant.

Dans la pénombre entretenue par la pampille doublant la porte de verre mais éclairée par la lumière diffuse du vivier où évoluaient les langoustes énigmatiques, tout en faisant mon choix et en regardant tronçonner un colin, je me suis dit que parler aux morts ne sert à rien. Dès que j'étais revenue à ma vie, c'est l'image de mes parents qui s'était présentée. Autrefois j'étais avec eux, mes partenaires dans le champ de forces, c'était eux. Le choc avait été plein de vie et de fureur. Rien ne s'était atténué avec les années, ni eux ni moi ne désarmaient. Aujourd'hui cette rue, sa provocation décisive, me poussait à nouveau vers le grand déversoir de passion.

Comme la mer par vagues successives accomplit sa marée, avançant dans le sable, le mouillant, l'effritant et peu à peu toute une bande intermédiaire se trouve recouverte, ma propre histoire, par avancées successives, a gagné ce territoire étroit, sans nom, où je me trouve réduite et obligée à écrire ces choses du passé. Il s'agit pourtant d'une histoire sans aucune espèce d'importance mais je n'ai qu'elle. Elle s'ouvre sur des lieux pauvres et jusqu'à maintenant quelque chose l'a obscurcie, ne la laissant m'apparaître en clair qu'à de brefs moments où elle ressemble alors à une mosaïque ancienne, composée de gris et d'ocre pâle, usée par les pas mais sur laquelle, brusquement, ruissellerait de l'eau. Une mosaïque de Glanum un jour de pluie. Malgré les carrés qui manquent inévitablement, les dauphins, les oiseaux, les figures redeviennent comme au premier jour et l'ocre, à côté du gris, c'est la chaleur de la terre et le noir, le blanc des bords sont comme les limites d'un jeu : là, je trace des traits, ce sont les murs, j'en interromps certains, ce sont les portes, je jette la craie, je saute dans l'enceinte inscrite et je sais, les autres savent, que je suis dans ma maison.

« Où sommes-nous allés la pêcher ? » disent-ils. Oui ils disent cela très souvent et, un jour, je leur réponds : à Marbache. Parce que je ne soupçonne pas le blâme caché sous leurs paroles et que j'ai trouvé tout à fait merveilleuse l'île au milieu d'un bras de la Moselle, territoire couvert de galets, ombragé de saules, où nous avons passé le dimanche. À Marbache, d'accord, ça me convient. Peut-être à cause de cela même va-t-on y retourner souvent ? Mais non. Ce lieu devient tout à fait abstrait, il perd son ombre, sa fraîcheur, son bruit d'eau et ce qui me reste, c'est ce que l'on veut me faire répéter devant ceux qui viennent à la maison : « Où sommes-nous allés te pêcher ? hein, dis-le... » et au début, innocemment, je réponds : à Marbache. Rires. Puis un jour vient et je ne veux plus le dire. On parle alors de mon mauvais caractère. Heureusement le jardin est assez long, et vers le fond l'humidité entretenue par le mur du Carmel épaissit la végétation. Les groseilliers sont aussi plantés de telle façon que je peux avoir l'impression de disparaître. J'entre dans le poulailler et j'attends que les pauvres poules enfermées s'approchent de moi. Je leur parle et je les touche. J'ouvre aussi une cage du clapier et je prends dans mes bras un lapin — ils me connaissent tous — que j'emmène dans le jardin. Ainsi ils bénéficient tour à tour du goût de la liberté car je fais très attention à ne pas me tromper et ils ne sont pas tellement nombreux. C'est une liberté bien relative. Notre jardin, bande de terre étroite, est clos par un grillage sur ses deux longueurs. À un seul endroit le grillage s'abaisse mais c'est tout contre la maison et ce sont mes enjambements rapprochés qui ont fini par le plier. On ne m'a pas grondée parce que mes visites fréquentes dans le jardin d'à côté ont un but que nul ne peut réprouver : je vais chaque jour voir notre voisine dont la paralysie progresse rapidement. Ce mot effrayant recouvre une réalité simple à constater. Madame Derlon a d'abord marché en s'aidant de cannes puis elle n'a plus marché du tout, sinon soutenue par deux personnes. Maintenant, toujours assise dans sa cuisine, face au jardin, elle peut de moins en moins coudre ou tricoter ou éplucher des légumes car ses mains sont agitées d'un tremblement qui me fascine. Elle pleure souvent et je ne peux rien faire que la regarder ou lui apporter de petits bouquets de fleurs que je cueille dans les plates-bandes. Son fils André est un peu plus âgé que moi et Monsieur Derlon lui a installé une balançoire à l'entrée d'une gloriette qui est à mes yeux un lieu intéressant. Bien sûr elle sert surtout de cabane à outils mais, lorsqu'on se balance, on passe sans cesse de la lumière à l'ombre des croisillons de bois peints en vert, on monte vers le petit toit qui se rapproche. Souvent je pense qu'André doit être malheureux d'avoir une mère aussi malade mais bien heureux de cette balançoire que je lui envie...

Le seul moment où je peux jouer dans la rue, c'est quand maman astique le bouton de cuivre de la sonnette puis la plaque de même métal gravée à notre nom et enfin la lourde poignée de la porte d'entrée. Quoi faire de ce moment trop court dans une rue — rue vide d'un quartier situé loin du centre de la ville — où il ne se passe pas grand-chose ? Mais je sens alors le « devant » de la maison et comment cette maison est enserrée entre les autres et combien elle est étroite malgré deux très larges fenêtres.

Avant cette maison, il y en a eu une autre. À Rosières-aux-Salines. Je n'en garde qu'une image confuse. Celle d'une femme qui se tenait sous une treille au soleil et qui habitait le rez-de-chaussée. D'un jardin qui l'entourait je ne me souviens guère et pourtant c'était pour lui que mes parents avaient quitté le petit appartement de Nancy où j'ai vécu, m'a-t-on dit, au début de ma vie. Ils pensaient qu'un enfant doit pouvoir jouer dans un jardin. Je regrette de l'avoir oublié malgré certaines photographies qui témoignent que j'y allais, avec un chapeau rond de coton amidonné et une robe de laine claire.

Cette maison n'était pas située n'importe où et je soupçonne mes parents de l'avoir choisie pour un autre jardin. Elle était proche du cimetière où, même si elle ne me l'a pas dit, je suis sûre que ma mère se rendait chaque jour. C'est beaucoup plus tard et en y allant si souvent le dimanche que j'ai su la présence, dans ce cimetière, de la tombe de mon frère. Aîné, inconnu, j'ai longtemps confondu ces deux mots.

Entre 1936 et 1937 papa, lorsqu'il est là, voiture enfermée dans le garage, m'apprend à lire. J'assemble entre elles les grosses lettres des journaux. C'est l'hiver et le dimanche un feu est allumé dans un calorifère dont le dessus se soulève tout seul à intervalles irréguliers. Ce sont des explosions normales, dit mon père. Ce calorifère donne à la salle à manger une odeur particulière qui me plaît à moi qui suis à plat ventre sur le tapis et sur le journal, toujours préoccupée par mes lettres. Assez vite, papa tracera des mots simples à l'aide de points espacés. Je réunirai par un trait ces points qu'il espacera de plus en plus et c'est ainsi que je lirai, écrirai dans l'excitation d'un jeu élémentaire et la ville sera couverte de lettres et je demanderai à papa de ralentir pour que je puisse lire « Chocolat Menier » ou « Manifestation » chaque fois que nous sortirons en voiture dans les rues de Nancy.

Un dimanche ensoleillé nous roulons sur

une route entre de grandes prairies. Papa m'a installée sur ses genoux, maman conduit. Papa chante « Ramona... J'ai fait, un rêve merveilleux... ». Ce moment a existé, je le sais. Où allions-nous ? Oui, ce moment a existé au moins une fois.

Dans le jardin, je cueille des feuilles d'oseille, j'arrache deux ou trois carottes que je lave bien, je les coupe en rondelles que je pose sur les feuilles puis je vais demander du sucre cristallisé à maman. J'en saupoudre les feuilles avant de les recouvrir, chacune, d'une autre feuille d'oseille. Cela fait de jolis sandwiches vert et orange que je propose autour de moi. Peu sont convaincus et je les mange toujours presque tous. Je vis entre le jardin, la cuisine et la salle à manger des dimanches. Jamais je ne vais jouer dans ma chambre, elle est réservée au sommeil. Juste avant le jardin, tout contre la maison, une petite cour bétonnée s'étrangle entre deux murs. Sa surface rectangulaire est entamée par l'espèce de cube qui abrite les cabinets dans lesquels on entre par l'intérieur. Je joue aussi dans cette cour où maman souvent me rappelle afin de mieux me surveiller. Je la trouve triste et j'essaie de m'en évader par une sorte d'obstination répétée qui m'est naturelle. Mon père part et je regarde ma mère lui préparer ses affaires. Il y a une boîte de métal — on distingue à peine le dessin des biscuits sur les côtés — avec des cirages, une brosse, des chiffons. Maman sort dans la cour pour cirer les grandes chaussures foncées. Ses mains disparaissent dans les chaussures, elle n'est pas encore habillée car mon père se lave et se rase devant l'évier et tout à l'heure elle a posé des chemises dans une valise. Ils parlent fort, le mot « retard » revient souvent. Les bols du petit déjeuner sont encore sur la table. Puis ils descendent au garage dont je déteste l'odeur et mon père sort la voiture. Il m'embrasse. Je n'aime pas quand il part. La rue est vide et je regarde la voiture démarrer pendant que ma mère referme la grille sur la petite cour, du côté où l'on ne va jamais. Alors je commence à attendre mon père.

Maman pose une grande bassine au soleil. Elle me dit que je m'y baignerai quand l'eau sera douce. Mais surtout je ne dois rien manger dans le jardin. Elle connaît une fille qui est morte parce qu'elle a mangé un petit pois cru avant son bain. Je n'arrive pas à le croire. Je me promène et tout me fait envie, l'oseille, les tomates... Je mange plusieurs feuilles bien brillantes, une tomate, des groseilles. Lorsque l'eau est tiède et que je m'accroupis dans la bassine, je ne meurs pas.

On me dit aussi : « Tu vas aller à l'école maternelle avec Madame Verdier. » C'est une dame très gentille qui parle vite et dont les joues sont molles quand elle m'embrasse. Je ne sais pas du tout ce qu'est l'école mais je sais qui est Madame Verdier et ça ne m'ennuie pas d'aller ailleurs qu'au jardin. On me montre des groupes d'enfants qui passent dans la rue, tantôt dans un sens, tantôt dans l'autre. « Ils vont à l'école. » Quand arrive ce jour, je pars avec ma mère et assez vite, à deux rues de la maison, nous nous arrêtons devant une longue bâtisse de brique, basse, éclairée d'énormes fenêtres. Madame Verdier s'approche de nous et me dit d'aller jouer avec les autres. La cour est grande et des buissons fleurissent le long des murs. C'est très beau. Je suis enchantée, on doit se sentir bien ici. J'oublie tout et c'est longtemps après que j'aperçois maman, le visage appuyé à la grille, maman qui me regarde et s'essuie les yeux, je cours vers elle mais seulement pour lui dire : « Tu peux t'en aller, va laver les bols ! » parce que ce regard m'empêche d'être vraiment seule dans cet espace où j'ai tout à sentir à la fois. Seule, c'est-à-dire non vue par des yeux familiers.

L'école prolonge le jardin, on me gronde un peu parfois mais on nous donne surtout des objets colorés à assembler. On me fait marcher dehors sur une ligne tracée à la craie en mettant mes pieds bien droits pour que leurs bouts ne rentrent plus à l'intérieur de mes pas. Je ne m'en étais jamais aperçue avant et je me surveille avec méfiance, seulement durant l'exercice bien sûr. Après je cours, je saute, j'oublie. C'est vers ce moment-là que mes parents m'emmènent voir *Blanche-Neige* au cinéma. J'en suis sûre parce que c'est dans la cour fleurie de l'école maternelle que je suis étendue morte et que Hugues André, le Prince, vient m'embrasser sur la bouche pour me rendre vivante. Je pense tout le jour à cette forêt, à la maison des nains, à la sorcière qui rôde avec sa pomme. Rien ne m'intéresse autant et seule Oramaïka la vierge de la forêt, une Indienne dont je lis les aventures avec délice, me détourne du conte absorbant. Un matin maman lit *L'Est républicain* et je ne vois pas son visage caché derrière les grandes feuilles du journal. Je suis assise par terre, près de la boîte à biscuits des cirages et je m'enduis lentement la figure avec du Kiwi brun-rouge qu'il est si facile de prendre en tournant la petite clef de côté. Je fais cela sans bruit, avec ma main, méthodiquement j'essaie de n'oublier aucune place. Oramaïka est très brune sur les images et si je ne possède pas ses longues nattes noires, du moins je peux, sous mes cheveux frisés, lui ressembler par le teint. Voilà, c'est fait, je me relève et, comme je m'approche de ma mère pour lui sourire et l'embrasser, elle abaisse son journal et pousse un cri. « Cette enfant me fera mourir ! » Elle s'agite, me tire violemment par les deux bras jusqu'à l'évier et là elle me frotte les joues avec un gant mouillé saupoudré de Nab. Je hurle, je n'ai pas eu le temps de jouer, ma peau s'en va en lambeaux, c'est injuste, qu'ai-je fait de mal ? Ma mère tire mes cheveux en arrière, s'attaque à mon front, à mes paupières. Je sanglote, mes larmes me brûlent. Je suis plus martyrisée qu'une prisonnière blanche. Maman dit qu'il faudra encore recommencer à frotter ma peau demain et après-demain. Je n'aurai donc plus de peau du tout et elle ne m'embrasse pas, ne me console pas. Elle m'envoie dehors où l'air me fait mal et le lendemain, à l'école, elle raconte l'histoire du cirage en se moquant de moi. Mon visage me cuit, une espèce d'eau brûlante perle continuellement et je me sens toute gonflée mais elle dit qu'enfin je comprendrai à quel point je suis mauvaise.

Heureusement, le soir, avant de m'endormir, je retrouve Oramaïka, son père Œil de Faucon et aussi Blanche-Neige et Simplet mon nain préféré dans mon lit divisé en quatre parties, une pour chaque saison, et sous les couvertures je rampe d'un coin à l'autre puisque les actions ne se déroulent pas toutes en même temps et qu'il faut à chacune un lieu bien défini. Une maison de printemps, une maison d'été, une maison d'automne, une maison d'hiver. Je n'aime pas être bordée parce qu'alors mes manœuvres sont gênées, surtout pour les maisons d'hiver et d'automne qui sont au fond du lit. Il me faut absolument ces petites goulées d'air sur les côtés sinon jouer dans ces maisons devient désagréable et suffocant.

Il y a aussi la chanson du coquelicot. « J'ai descendu dans mon jardin (*bis*) pour y cueillir du romarin. Gentil coquelicot mesdames, gentil coquelicot nouveau. » Non seulement elle m'enchante parce que romarin, latin sont des mots qui parlent de choses inconnues, mais elle me procure mon heure de gloire. Habillée de papier crépon et devant les parents assemblés dans la salle des fêtes de la « grande » école, je mime cette chanson tandis que les autres la chantent. On me complimente et on m'entoure.

Je dessine des feuilles de houx, leurs crans piquants, les boules rouges et j'écris « Bonne année 1938 ». Je suis la seule à savoir lire et écrire à l'école maternelle mais je ne m'ennuie pas lorsqu'on montre aux autres les lettres. Ce dessin vert et rouge d'une branche de houx, je le fais à la maison et pour ma maîtresse, Madame Verdier. Je pense souvent que maman est belle, surtout quand nous sortons le dimanche et qu'elle se fait attendre de papa qui klaxonne pour l'appeler. Elle sourit, elle semble contente et son chapeau est toujours joli. Elle en a au moins six.

Si nous sortons, c'est presque toujours pour aller à Rosières-aux-Salines, là où vivent mes grands-parents. Leur maison est l'une des premières du pays. Face à elle, on peut seulement voir un long mur, assez haut, qui entoure un parc et une placette vide. Tout semble blanc, large. Je descends de voiture la première, je pousse la porte et je cours dans un couloir totalement sombre. Jamais personne n'y a fait placer une lampe. Au centimètre près, ma main soulève une targette sur la gauche et c'est la cuisine. Mes parents me suivent mais je ne m'en rends pas bien compte car ici je leur échappe. Ici leur pouvoir sur moi se dilue puis s'évapore. La cuisine est obscure à cause du cellier, surmonté d'un grenier construit derrière dans la cour, trop près des fenêtres. Au premier étage on y voit mieux mais c'est la chambre de mon grand-père et de mon oncle et je n'y entre presque jamais sauf pour y voler des pêches de vigne quand on les met à parer* là.

La cuisine est emplie d'une odeur de soupe, délicieuse, et mes grands-parents me serrent contre leurs vêtements noirs. Ils m'embrassent aussi. Tout est indistinct d'abord à cause de la différence de lumière, sauf la cuisinière où l'on voit le feu derrière une petite grille et entre les ronds du dessus, sauf l'évier de pierre, près de la fenêtre, mais ensuite tout se précise. Il n'y a pas d'eau courante et il n'y en aura jamais. L'eau vient de la fontaine qui coule sur la petite place de l'autre côté, fontaine à laquelle je vais souvent car ici on me laisse traverser la rue avec l'arrosoir vide. Pendant qu'il se remplit j'essaie d'enfoncer dans l'eau de larges feuilles insubmersibles et brillantes, tombées du catalpa d'un parc voisin. Parc que l'on ne voit pas. J'ôte la moitié de l'eau en inclinant l'arrosoir pour qu'il soit moins lourd et je reviens en faisant très attention aux voitures comme on me l'a recommandé.

La maison est pauvre mais je ne le sais pas. L'obscurité du corridor étroit, de la cuisine et de l'escalier qui mène aux deux chambres, cette obscurité est douce pour les yeux, comme dans

* En Lorraine mettre à parer signifie étendre des fruits sur des claies pour qu'ils achèvent d'y mûrir.

une grotte et même si on prend le repas dans la salle à manger qui, elle, profite du soleil et du vide blanc de la place, c'est un enchaînement de zones peu séparées qui ressemblent aux quatre maisons de mon lit. La lumière, la richesse, c'est le dehors. Pendant que je mange, je regarde l'image d'un garçon qui soutient sa petite sœur épouvantée par un orage, sur un pont de bois que les flots menacent d'emporter. Ma grand-mère sert la soupe fumante au pain trempé. Deux tables sont disposées l'une contre l'autre, une rectangulaire et une ronde. La ronde accueille les grandes personnes, mon grand-père, mes oncles, mes tantes, mes parents, et la longue ma grand-mère, mes cousins et moi. Même si nous sommes moins nombreux je m'assois à cette table, jamais à l'autre. Mais cela me plaît car je suis juste en face du tableau du frère et de la sœur et je vois toutes les allées et venues de ma grand-mère. J'entends ce qu'elle se dit, à part elle, d'une voix mi-rieuse, mi-grommelante, car elle participe très peu à la conversation des autres, ceux de la table ronde. Elle me parle beaucoup, demandant mon avis sur les plats qu'elle apporte, et moi qui aime sa nourriture je dois représenter à ses yeux un encouragement vivant. C'est toujours avec moi que, vers dix heures du matin, elle s'en va chez le boulanger qui demeure près du beffroi qu'à Rosières-aux-Salines on nomme le Banban, pour mettre à cuire dans son four la tarte immense qu'elle vient de faire et qu'elle tient dans un torchon dont les quatre coins sont noués ensemble. Je la regarde acheter le pain, prendre sous son bras les deux couronnes brunes au dessus fariné. L'odeur de la boulangerie me submerge. Dans la rue, elle dit que le pain bien cuit donne du sang. Il faut à peine dix minutes pour aller de la boulangerie à sa maison et au passage, rituellement, elle me permet de me balancer sur les chaînes qui décorent l'entrée du haras. Puis juste avant le déjeuner nous allons, elle et moi encore, rechercher la tarte odorante, colorée différemment selon les saisons et dont la plus glorieuse me paraît être la tarte aux mirabelles. À cause d'une espèce d'or profus. Ma grand-mère s'appelle Léonie-Cécile. Nonie pour mon grand-père et elle ne me nomme jamais autrement que Lolotte, ce qui n'a rien à voir avec mon nom mais elle est la seule et cela me rend contente quelque part. Moi je dis « Mémère » quand je m'adresse à elle. Ce n'est que beaucoup plus tard que je saurai qu'il convient de dire « Grand-mère » ou « Grand-maman » ou « Bonne maman » à sa grand-mère. Personne en ce temps-là autour de moi n'en aurait eu l'idée. Pépère, Mémère, c'était ainsi. Un jour j'en aurai honte mais plus maintenant où j'écris parce que je sais que les usages sont tellement liés à des clans qu'ils en deviennent indifférents. Je préfère à présent avoir eu une Mémère qui m'attendait plutôt qu'une Bonne maman distante qui aurait joué du piano dans un salon. Cette Mémère-là me demandait lorsque nous arrivions chez elle ou lorsque je la regardais, à genoux devant une bonge*, débiter en biais par larges tranches les betteraves pour le souper de ses lapins : « C'est quel jour de la semaine que tu as commencé à te réjouir de venir ? » et moi, dans l'enthousiasme, je répondais : « Depuis le mardi au moins ! » Alors elle riait. C'est en 1938, en octobre, qu'elle m'a acheté à la boulangerie des bonbons à la violette (ma grand-mère ne m'achetait jamais rien et je n'y pensais pas du tout), j'étais seule pour quelques jours dans sa maison et il venait de me naître un frère. L'événement méritait d'être marqué. Je sais que ces bonbons à la violette, dont jamais plus ensuite je n'ai mangé, forment, avec le beffroi qui surplombe la rue principale de Rosières-aux-Salines et avec le plaisir inépuisable que me procurait cette rue, un tout inoubliable.

Mon grand-père, lui, est toujours assis à la table ronde. Il s'appelle Arsène mais pour Léonie-Cécile il est « le père ». Jamais elle n'emploie un autre nom à propos de lui. Jamais. Il se tient au milieu de mes parents et de mes oncles et tantes. Sa bonté n'a d'égale que celle de mon père mais ce sont deux bontés très différentes. Quand ils sont ensemble, un lieu sûr s'établit où j'ai accès comme je veux, c'est dire que leurs deux bontés s'additionnent dans une espèce de regard qu'ils ont sur moi et que je sens.

Après le déjeuner du dimanche et la dégusta-

* Mot lorrain. Corbeille ronde et assez profonde, à deux anses.

tion par les grandes personnes de la mirabelle ou du marc (j'ai droit de temps en temps à un demi-morceau de sucre nommé canard imbibé de quelques gouttes intenses), sauf s'il fait un mauvais temps d'hiver, nous partons tous vers les vergers et les vignes, à travers une prairie très plate, bordée par la Meurthe. Dans cette prairie, souvent, des garçons jouent au football mais je ne regarde jamais. Je regarde la rivière, ses bords, les roseaux, les libellules, l'eau surtout que l'on traverse sur une passerelle avant de gagner la route où prend naissance le chemin étroit, très raide, qui mène au sommet de la colline. On « monte » aux vergers, aux vignes. Rosières est alors vu de haut avec son beffroi et son clocher en bulbe.

Toujours, avant de prendre le raidillon, nous faisons un long arrêt dans le cimetière oblique. Tombe de mon frère Pierre, présence étrange, obscure, de celui avec lequel je ne joue pas mais auquel je parle très familièrement. Il est mort, oui, et je n'ai encore vu mourir personne, mais il est là, en moi, je ne sais pas comment. Sa tombe est aussi un minuscule jardin que soignent mes parents à chaque visite. J'en profite pour me rendre en courant, par une autre allée, à une citerne carrée fermée par une trappe de fer que l'on soulève sans difficulté. Et là, sur la pointe des pieds, tendue par l'effort de me grandir, je contemple, fascinée chaque fois de la même fascination haletante, les os. Je regarde ce pêle-mêle, je vois des crânes. On m'a dit que ce sont les pauvres qui sont là, ceux qui n'ont plus droit à une place bien marquée, mais je trouve cette fosse préférable aux tombes où l'on est enfermé, où, moi du moins, je ne peux rien voir. Je ne parviens pas à croire que *cela* va m'arriver, que ces os ont été des gens. Je regarde, je regarde, y voyant de plus en plus net, avec la peur affreuse d'y tomber vivante et que quelqu'un referme la trappe. Et quand je sens qu'on va m'appeler, me chercher, je m'arrache à la tension tremblée, au trouble, je rabats la plaque sonore en la retenant et je cours dans l'autre sens. On ne me demande pas d'où je viens si je suis assez habile pour ralentir et me donner l'air de flâner entre les tombes. Maman arrose les fleurs, elle redresse les couronnes de petites perles et j'attends. La tombe est en mosaïque, aucune autre tombe n'est faite de ce mélange de couleurs.

Les vergers sont assez loin de là. Le dimanche — s'il n'y a pas de cueillette et si ce n'est pas la saison des vendanges —, mon grand-père ne travaille pas dans ses champs. Simplement il aime les voir et les montrer. À cinq ou six ans je sais très bien qu'il n'est pas un vrai paysan mais un cheminot qui a des vergers et des vignes. On me l'a dit souvent et parfois quand je vais à Rosières-aux-Salines en train, seule avec maman, un jour de semaine, je cherche sur les quais, espérant l'apercevoir. Jamais je ne l'ai vu et ce qu'il accomplissait à la gare m'a toujours semblé irréel mais m'a permis d'entendre très tôt un mot, mystérieux et grave, « sémaphore ». Maman dit que c'est grâce à mon grand-père que les trains ne déraillent pas, qu'il ne doit jamais être distrait ou s'endormir ou se tromper. Je ne me rappelle pas l'avoir vu en uniforme, peut-être n'y en avait-il pas en ce temps-là. Ce qui est clair c'est le travail aux champs et surtout les récoltes. J'ai appris le dehors par les allées et venues, par la rosée surprenante sur mes jambes nues, par les fruits qui ricochent sur votre dos quand on secoue les arbres, par l'ordre cent fois répété de ma grand-mère avançant sur les genoux dans l'herbe, rapide, tout en poussant sa corbeille : «Jetez les gâtées au pied de l'arbre ! », par les cageots de mirabelles dorées ou de quetsches violettes (les mirabelles étaient dites abricotées si elles étaient ponctuées de rouge et les quetsches, il fallait frotter un peu pour leur ôter cette fine pellicule qui voile leur couleur), par les bonges remplies de ces prunes ou mirabelles fermentées déjà, brunâtres, semées de moisissures blanches ou ridées, fendues, mangées à moitié par les fourmis, les guêpes, et destinées à la distillation. Je l'ai appris par les ombres des feuilles, par le plantain qu'on écrase sur les piqûres d'insectes, par les cerises si chaudes qu'il ne faut pas en manger lorsqu'on les cueille, par les pommes qui se ramassent dans le froid commençant et qu'on regarde tomber, la tête rentrée entre les épaules, en dominant de petits frissons. Quant aux noix, avec leur coque verte, on les trouve difficilement dans l'herbe, on a le sentiment d'en oublier beaucoup. Le dehors, je l'ai appris par les vendanges, par les grappes dissimulées, par les rangées de vignes qui me paraissaient infinies, par les tandelins* débordants que portaient les hommes et ils en criaient le nombre au passage, par les repas froids apportés par ma grand-mère pour nourrir tout le monde, par le retour dans la douceur du soir sur la charrette louée pour la circonstance ainsi que le cheval. Après la descente toujours aventureuse du chemin large, pourtant moins abrupt que le raidillon — grand-père serre les freins sur les roues de bois, on entend son effort —, l'attelage s'arrête derrière le jardin potager de la maison, on nous envoie alors, mon cousin Pierre et moi, nous laver les pieds puis nous remontons sur la charrette, enjambons les parois des cuves et, enfouis dans les grappes jusqu'au haut des cuisses, nous commençons à les fouler. Chemise relevée, les jambes rouge sombre jusqu'à ma culotte bateau, je ne sais plus rien d'autre que le contact avec le raisin. Je me dis aujourd'hui que c'est ainsi que j'ai voulu vivre. Comme j'écrasais le raisin j'aime l'amour, comme j'écrasais le raisin je sens le dehors.

Les cuves possèdent un robinet par lequel coule le jus et la même casserole d'émail rouge à intérieur gris sert d'année en année pour goûter ce jus une fois filtré. Solennellement

* Mot lorrain. Hotte de bois dans laquelle les vendangeurs vident à mesure les paniers pleins.

nous sommes, nous les enfants fouleurs, les premiers servis. Nous buvons sans verre, dans la casserole, une quantité invérifiable. Les tonneaux sont prêts et le soir, très tard, autour du lapin à la sarriette, mon grand-père parle d'hectolitres, tout le monde est content. Dans la salle à manger peu éclairée l'orage du chromo semble plus terrible et je tombe de sommeil.

Le jardin de notre maison, contigu à d'autres jardins, ce qui augmente pour les yeux la sensation d'espace, me permet d'attendre sans trop d'impatience les journées de Rosières-aux-Salines. Nous habitons très loin du centre de la ville (mes parents disent : descendre en ville) dans un quartier élevé, très calme. Le quartier de Buthegnémont. Il faut prendre le tramway n° 9 ou la voiture pour se rendre dans les magasins, à la gare, à la foire, au cinéma. Il y a peu de voitures en 1938. Je vois dans notre rue ou dans les rues voisines de belles et grandes maisons, je vois qu'elles ne touchent pas les autres, que leur jardin tourne tout autour, que leurs grilles sont longues. Notre maison, étroite, est la deuxième d'un groupe de quatre mais je suis fière de ses deux fenêtres très larges, l'une au-dessus de l'autre. Fière aussi de notre voiture, une Peugeot. Maman m'achète de beaux habits mais m'oblige trop souvent à porter par-dessus un tablier, elle dit que le tablier est joli, qu'il est même amidonné, mais cela m'ennuie. Elle dit qu'il faut toujours une poche pour mettre un mouchoir, mais pourquoi les robes n'ont-elles pas de poches ? Je ne vois pas mes robes comme je voudrais les voir.

Mon frère, mon nouveau frère, s'appelle Pierre. Cela ne me plaît pas. Il me semble qu'ainsi on remplace celui qui existe autrement, qui n'a pas besoin d'être remplacé. Parfois maman le pose sur mes genoux : « Surtout ne le laisse pas tomber ! » Alors je vais rejoindre les lapins, les poules, les pigeons au fond du jardin. Le jour de son baptême mes parents font une grande fête. On me donne le bébé en pâte d'amandes blotti dans une rose entourée d'autres plus petites, qui couronne la pièce montée. Je vais dans la cuisine où travaillent des femmes inconnues. C'est là, assise à un coin de la table, en regardant et en grignotant les roses, que je suis sûre de regretter ce nom de Pierre. Ensuite je pense souvent à cette fête dont mes parents ont parlé longtemps à l'avance puisque mon frère avait cinq mois pour ce jour-là. On est en 1939. On me dit qu'il n'y a pas eu de fête pour ma naissance, que papa n'a pas voulu me regarder durant huit jours parce que j'étais une fille et qu'on attendait un garçon qui serait appelé Pierre. Maman m'a donné le nom de Jocelyne mais papa, absent quand je suis née, a voulu changer ce nom pour celui de Jeannine. Il dit qu'il n'a pas eu assez d'argent pour payer ce changement.

Est-ce là, est-ce beaucoup plus tôt que j'ai commencé à demander très souvent à maman si elle m'aimait? pas de commentaire

À cinq ou six kilomètres de Rosières-aux-Salines, à Dombasle-sur-Meurthe, habitent mes autres grands-parents. Nous y allons peu de fois dans l'année et nous en repartons vite. La route longe de grands bâtiments poudreux reliés par des centaines de tuyaux, éclairés jour et nuit de petites lampes disséminées. J'entends dire : « Il travaille chez Solvay » ou « Il travaille à la Solvay ». Je ne sais pas encore ce que représentent pour la Lorraine les usines Solvay. Puis, par un itinéraire que j'ai oublié, on arrive dans un endroit où toutes les rues sont semblables. Toutes les maisons de brique rouge-brun aussi. Je me demande comment papa peut s'y retrouver. On appelle cela « les cités ». On habite une cité au lieu d'habiter une maison. C'est dans ces rues que mon père à dix ans livrait le pain avec une charrette que tirait un âne. Il me dit souvent combien il aurait aimé l'école, longtemps, mais sa mère manquait d'argent pour tout et son père était seulement gardien de nuit à l'usine. Malgré l'argent gagné avec le pain, elle en manquait encore et encore et devait raccommoder des sacs de jute durant la nuit. Toujours pour l'usine Solvay, grande mangeuse de sacs. En 1939 mon père a trente-trois ans. Il est le second d'une famille de treize enfants et sa dernière sœur n'a pas plus de quinze ans. Ma grand-mère Anne-Gabrielle, toute petite, douce, un peu sournoise, a eu tant de monde autour d'elle, elle a élevé tellement d'enfants qu'elle ne voit vraiment personne en particulier. Les visages de tous me sont familiers mais comme en surface et je ne me souviens pas avoir pris un seul repas dans cette cité. J'ai vu les grandes personnes boire du café dans des verres, c'est tout. Un grand sujet d'étonnement pour moi est qu'une aussi nombreuse famille ait vécu, vive dans une maison de quatre pièces. Une cuisine et une chambre en bas, et en haut d'un escalier raide, deux autres chambres. On me dit que les enfants dormaient à trois dans un lit sauf les tout-petits. Le grand-père d'ici, Achille, a des yeux très bleus, presque fixes, et me fait peur. Mon père se dispute souvent avec lui, ils ne semblent pas s'aimer. Maman me dit : « Va voir le jardin, va jouer ! » mais tout m'est étranger ici, le jardin est un carré de terre minuscule entre la maison et une espèce de remise basse qui abrite des outils, les cabinets, une niche vide, deux ou trois lapins inconnus. Peu de fleurs dans le jardin, des légumes, des pommes de terre. Sur le côté de la maison, une allée conduit à une courette puis c'est la rue. Les cités sont collées l'une contre l'autre par groupes de deux, tous pareils. Côté jardin toutes les remises sont semblables. Côté rue, toutes les courettes. Seuls les volets diffèrent, tantôt rouge sombre, tantôt vert foncé, mais cela aussi se répète régulièrement. Je m'assois, découragée. Une cousine très blonde, juste un peu plus grande, vient auprès de moi et aussitôt presse la peau de mon bras pour en sortir de petits vers, dit-elle. Je n'ai jamais imaginé cela et je regarde mon bras avec méfiance. Un jour, mon grand-oncle Joseph, frère de mon grand-père, est broyé par une machine. On dit que c'est à cause de sa bretelle qu'il a été entraîné. On le rapporte à sa femme à dix heures du matin, dans un sac de jute. Lui aussi travaillait à l'usine Solvay, lui aussi habitait une cité. C'est le premier enterrement que je vois.

Très tôt j'ai fait la différence. Du haut des vergers, si l'on se tourne vers la droite, on voit Rosières-aux-Salines, la rivière, l'église, le triangle de la place de l'église avec ses arbres, les bâtiments du haras, les grandes maisons, les petites, le beffroi. Un vide clair tout autour. Si l'on se tourne vers la gauche, ce qui brille c'est le plan d'eau surélevé par quatre digues. Cette eau contient les déchets de fabrication de la soude caustique, la couleur de loin en est violet-gris. On voit beaucoup de bâtiments dispersés aux toits en zigzags, les salines, les filatures et en arrière-plan les usines et leurs fumées. Les maisons, les cités forment une espèce de tapis indistinct. Bien avant d'étudier le petit Lavisse qui m'a surtout fait pleurer sur le sort de Brunehaut, j'ai senti clairement qu'il y avait deux mondes et j'en ai d'instinct refusé un.

À Rosières-aux-Salines maman a elle aussi un jeune frère. Tout le monde l'appelle « le petit René » et il doit avoir dix-sept ans. C'est lui l'oncle qui occupe le deuxième lit dans la chambre de grand-père. Il est très gai, il trouve toujours des mots amusants, il a une façon de rire qui rend content. On dit qu'il aura une bonne situation, qu'il sera ajusteur à l'usine Solvay. Je ne sais pas ce qu'est une situation ni un ajusteur mais je me sens pleine d'admiration quand il me montre parfois de drôles de dessins avec des chiffres. Il a un ami, Henri Samuel, qui vient le chercher pour aller au bal, au match. « Prends une chaise, Riri, assieds-toi », dit ma grand-mère. C'est un garçon très grand qui me prend souvent sur ses épaules et le plafond de la cuisine est si bas que je dois me pencher en avant pour ne pas le cogner de la tête et je vois alors de près les pauvres mouches collées par la glu du ruban de papier. Parfois il m'accompagne à la fontaine et lui aussi il essaie d'enfoncer des feuilles du catalpa dans l'eau. Mais lui, il remplit l'arrosoir et grand-mère lui dit merci. Il habite dans la rue du beffroi.

La place de la fontaine est entièrement vide. Au fond, un portail double ouvre sur un de ces grands jardins qu'on appelle parcs. Jardin d'arbres entouré d'un mur très haut. Une maison de plusieurs étages s'élève loin en retrait. Là demeurent les David. Maman parle d'eux souvent. À quatorze ans, après son certificat d'études, elle a gardé leurs enfants, les a promenés. Elle a aussi ciré les chaussures. «J'aimais tellement les enfants, dit-elle, et les David me faisaient confiance, j'étais si sérieuse.»

Les David, les Samuel, les Cerf, les Dreyfus, les Caïn. Gaston Caïn. Vers six heures le dimanche, quand nous sommes là, grand-mère me donne une autre casserole d'émail rouge, intérieur gris, une casserole que je trouve grande, elle me donne aussi un bol vide. «Va chercher le lait et le fromage blanc chez Gaston.» C'est une maison voisine, il suffit de tourner à droite au sortir du corridor sombre.

Un peu plus loin, à quelques pas de la maison des Caïn, un autre parc mais clos par une grille. Les deux ovales dorés, décorés de personnages en relief, sont visibles de loin et dans l'ombre des arbres je trouve cela si beau que l'immense demeure m'apparaît comme un château. Personne ne me dit que ces ovales sont des panonceaux mais je sais, sans comprendre vraiment ce que cela signifie, que Monsieur Cerf est le notaire.

Tous ces parcs auxquels il faut ajouter celui des sœurs de Niederbronn — on les voit passer souvent accompagnées de groupes d'enfants orphelins — et celui qui entoure le haras, donnent à la rue du Haras son espace calme, sa solennité. Quatre maisons seulement sont serrées l'une contre l'autre. Celle de mes grands-parents est au milieu et le corridor est commun, ainsi que la cour de derrière, à la maison voisine. Ma grand-mère prend grand soin du ton des conversations : « Moins fort, les Gâga nous entendent ! » Mille fois elle l'a dit mais surtout quand mon grand-père la contrariait.

La fenêtre de la salle à manger est si basse qu'on peut l'enjamber, et si on pose les doigts sur le papier à petites fleurs on sent que c'est vide derrière, il remue et, en insistant, on le trouerait. Je n'ai jamais vu cela ailleurs. On dit que c'est à cause de l'humidité. Le fourneau de faïence brune possède, au-dessus du foyer, un petit four que ferment deux portes de fer ajourées. Les chaises, en temps ordinaire, sont rangées contre les murs. Les deux tables se touchent. Le buffet m'a toujours fait peur.

De la cuisine et de la salle à manger aux deux chambres on monte un escalier qu'éclaire seulement un fenestron. De ce fenestron on voit la cuisine, au niveau du plafond, en lumière rasante. C'est un jeu de cousin et de cousine d'aller se poster là et de faire des grimaces. Je n'ai jamais aimé les grimaces, je ne sais pas pourquoi puisque les autres semblent y prendre un si grand plaisir. La chambre de ma grand-mère exactement au-dessus de la salle à manger, en a les dimensions et la clarté. Deux lits de deux personnes. L'un en bois à côté de la fenêtre, l'autre en fer avec des volutes près du coin de la porte. Une petite table au milieu, deux armoires étroites. Plusieurs fois j'ai dormi avec ma grand-mère : on tombe dans un nid de plumes et on rabat sur soi une couverture douce. Le drap du dessus ne va pas jusqu'aux pieds, loin de là, c'est seulement une bande qui évite à la couverture d'être salie par le menton ou le cou. Grand-mère me dit souvent qu'il y a un vrai drap, entier, dans l'armoire, pour le lit de mort.

On ne donne jamais aux lapins l'herbe qu'on vient de faucher. On la dispose tout au long du mur, dans l'autre corridor — sombre aussi, sans lampe — qui mène au cellier puis s'ouvre sur le hallier. Je marche dans ce corridor sur le sol bombé de terre battue, le cordon d'herbe verte perd son épaisseur entre le matin et le soir, il rend aussi son odeur. Des fleurs blanches ou violettes s'y fanent, cependant soutenues par l'humidité de l'herbe. Je longe le cellier où reposent les tonneaux et je pousse la porte du fond. C'est le hallier. Très haut, plein d'air à cause des nombreuses ouvertures. Là sont les cages des lapins, les outils et surtout les foudres pour la fermentation du jus de raisin. Avant le potager, sous un auvent qui prolonge le hallier, je monte deux marches de bois, j'ouvre une porte et je fais pipi sur une grande caisse percée d'un trou rond. L'endroit est assez clair mais je surveille une ou deux araignées dans leur toile, au coin, pas très loin du clou où sont accrochés des rectangles de papier journal. Je replace le couvercle de planches. J'entends le cochon qui grogne et remue dans son réduit. Je le plains d'avoir si peu de place mais je n'ose pas le libérer, lui, on dit qu'un cochon un jour a mangé une petite fille. Je n'y crois pas trop mais, de toute façon, il ferait un désastre dans les salades et les haricots verts du potager.

Les grandes personnes de la table ronde parlent fort de quelqu'un qui s'appelle Hitler. Elles disent un mot qui revient sans cesse : guerre. Un journal est souvent ouvert dans la cuisine, *La Voix de l'Est*. Et aussi un autre, *L'Humanité*. Chez mes parents, à Nancy, c'est *L'Est républicain*. Mon grand-père lit le journal très tôt le matin en mangeant son bol de pain trempé dans du café au lait. Je le sais à cause des rares nuits où je dors ici. J'aime bien ces matins-là, personne ne parle, le feu est allumé déjà et je suis seule avec eux deux dans la cuisine. Les étagères portent des choses confuses. On sent que le matin commence à peine. Il arrive qu'une casserole se troue. Alors Léonie-Cécile allume une bougie, fait chauffer dessus une sorte de bâtonnet aplati et présente le fond de la casserole devant la fenêtre. On voit bien le trou. Elle frotte le bâtonnet très fortement sur ce trou et la casserole est réparée. Je bois du lait avec une goutte de café, juste pour lui ôter son goût de vache. Grand-mère va incroyablement vite pour tout faire dans sa maison, elle dit qu'à Baccarat, à la cristallerie, elle était si rapide qu'elle ne sentait pas les verres brûlants entre ses doigts. Même la salade elle l'épluche et la lave à la fontaine avant neuf heures. Mon oncle René est déjà parti pour l'école de l'usine.

« Ça va aller mal, Nonie... — Dépêche-toi, Père ! »

l'impact de la guerre sur la vie de l'enfant.

En 1939, quand j'entre à la grande école, papa est parti à la guerre, c'est-à-dire qu'il ne revient plus chaque samedi à la maison et que les mallettes noires qui sont habituellement dans sa voiture ont été montées au grenier. Ces mallettes s'ouvrent par le haut et les deux moitiés s'écartent l'une de l'autre en formant comme les marches d'un escalier. Sur chaque marche sont collées des plaques de chocolat — mais elles sont en bois —, des caramels, des bonbons de toutes sortes. Ainsi on peut montrer ce qu'on veut vendre sans jamais y toucher. Papa dit qu'il est représentant en confiserie et nous sommes allés une fois en Alsace, à Saverne, où je me suis promenée avec maman dans une roseraie pendant qu'il rendait visite au directeur de la fabrique de bonbons et de chocolats. Cette fabrique a un nom de conte : La Licorne. Maintenant papa ne travaille plus, il est parti et tout est changé. Mon frère est encore un bébé. Saint Nicolas m'apporte un livre de vocabulaire et ce nom seul me fait plaisir, il me semble bien plus beau que l'image de couverture qui représente une danseuse de cirque faisant des pointes sur le dos d'un cheval.

On se voit davantage d'une maison à l'autre. Les voisins viennent, ils ont l'air inquiets. Nous restons à Nancy le dimanche et c'est grand-mère qui, le jeudi, apporte des pommes. Pour la première fois je la vois mettre un chapeau sur son chignon. De grands A rouges sont peints sur les murs de certaines maisons, surtout à l'intérieur de la ville. Presque toutes les vitres sont bleues et divisées en tous sens par des bandes de papier. Je les colle en étoile parce que c'est plus joli, le soleil dessine ainsi sur le sol et sur les murs. Un jour tout le monde doit se rendre dans une immense cour pour une distribution de masques à gaz. On étouffe, on est serré aux tempes, ça sent le caoutchouc et on devra se les mettre sur le visage dès que les sirènes annonceront une alerte. Même dans les abris il faudra les porter. Chaque matin je pars à l'école avec ma boîte grise. Haut tube de fer, on le tient en bandoulière grâce à sa courroie qui a l'odeur des sacs de jute. Ce n'est pas très lourd mais ça fait penser à la guerre tout le temps.

Heureusement il y a le livre d'histoire qui raconte la forêt, les Druides, les Gaulois, Vercingétorix. Les résumés me semblent si pauvres que j'apprends le chapitre entier qui est bien trop court lui aussi. La maîtresse m'emmène dans la grande classe pour me faire réciter ces chapitres et tout le monde s'étonne. La directrice, Madame Rolland, me félicite, mais je ne comprends pas vraiment pourquoi. Il suffit de se représenter la forêt ou la plaine, là, bien fort, et, tout s'enchaîne très facilement. Vercingétorix, c'est comme s'il était là et je suis horrifiée par César qui n'est pas capable de comprendre son courage à Alésia. Je lis deux fois pour savoir par cœur mais je vis avec ces gens dans ma tête, c'est tout. La mort de Brunehaut me révolte, j'ai vu les chevaux du haras, je sais qu'un cheval peut courir vite. L'école est immense, très claires, on dit que c'est la plus moderne de la ville. Le tableau couvre presque entièrement l'un des quatre murs.

Un jour plein de soleil j'arrive à midi à la maison et maman dit qu'on part, qu'il faut vite manger, que les Allemands approchent, qu'ils coupent les mains des enfants. On s'en va sans même débarrasser la table, sans ôter les restes. Le fils d'un voisin conduit notre voiture, ses parents suivent avec la leur et une troisième voiture se joint à nous. Le premier soir on dort dans une forêt près de Besançon, je regarde les étoiles et je ne me sens pas effrayée du tout. Jamais je n'ai fait un aussi grand voyage, ce nom de Besançon me plaît. Comme nous sommes nombreux, maman s'occupe surtout de mon frère. Moi je vais bientôt avoir sept ans, je peux me débrouiller. Je me demande où nous allons, personne ne le dit mais je voudrais qu'il y ait beaucoup de journées comme celle d'aujourd'hui.

Tout change le lendemain. Le clocher d'une église est en flammes, je vois les longues files sur les routes et des champs pleins de trous où traînent des casques. Maman pleure, elle dit qu'elle ne sait même pas si papa est mort ou vivant. Je vois des maisons effondrées. Souvent nous nous arrêtons et nous sommes obligés d'attendre durant des heures. Les gens se parlent sans se connaître et ce qui revient tout le temps c'est : « Ils » sont à cent kilomètres, à cinquante ou « Ils » ont passé le pont sur telle rivière, dans telle ville. Une fois, dans une ferme on nous donne des pommes de terre cuites avec des tomates, on mange dans un grenier, on y dort. On dit : « Ils » mitraillent les routes, « Ils » tirent sur les civils. Les civils, maman me dit que c'est nous. Si cela nous arrive, dit-elle encore, il faudra se coucher sans bouger dans le fossé, surtout ne pas bouger.

Un matin on entre dans une ville. Vichy. Presque en même temps que nous mais par une autre route y arrivent des soldats habillés de vert. Les Allemands. Les rues sont vides et je vois ces hommes terribles qui ne nous regardent pas et avancent sur des chars en faisant une sorte de salut.

La route à nouveau. Celle que nous suivons ressemble à une autre, presque deux ans avant. Comme pour aller en vacances en Alsace à La Petite-Pierre nous roulons au milieu des forêts. L'odeur de ces forêts au passage. Seul mon père manque, mais j'ai mes mains que les Allemands n'ont pas coupées et il n'est sûrement pas mort. Arrêt dans un village au soleil. Des soldats français nous donnent dans des assiettes en fer des haricots bien chauds. Ils les puisent dans une immense marmite posée sur un fourneau à roues. Nous mangeons debout. Et puis, vers le soir, alors que nous sommes là, indécis, des gens viennent dire que la maison de l'institutrice est vide parce qu'elle vient de mourir, il y a tout ce qu'il faut dans cette maison, nous pouvons nous y installer. Le village s'appelle Tortebesse.

Je suis une petite fille et j'échappe aux détails. Comment des lits ont été préparés pour tout le monde, comment un premier repas a été cuit, je ne le sais pas. Mais je sais encore aujourd'hui la pénombre de cette maison qui s'est ouverte soudain et l'impression de chaleur confuse, d'ocre foncé. Les vieilles maisons où vivent des vieillards se transforment peu à peu en grottes, cela je l'ai vu souvent. Elles ne peuvent plus faire face au statut de maison ordonnée, elles ne se soucient plus du paraître, elles deviennent des lieux de survie, des ventres où persistent deux ou trois fonctions, les seules nécessaires au bout du compte.

Derrière cette maison je découvre le matin suivant un grand pré. Le pré. Avec son enclos de barrières à certains endroits doublées d'une haie. Vert. Dedans, une chèvre et trois cochons. Au milieu, un ruisselet et, très dispersés, quatre ou cinq pommiers. La guerre recule, elle disparaît. Je ne rentre plus dans la maison que pour manger et dormir. Une fois j'accompagne les grandes personnes à l'église du village. Chapelet, litanies, mais le monde des prières m'est étranger et je passe mon temps à détailler les statues de plâtre peint, à humer les odeurs différentes et suspectes de renfermé. D'ailleurs je ne sais pas dire tout bas ni tout haut ces prières.

Dans le pré je ne quitte pas mes quatre animaux. Je leur parle, je joue avec eux, je monte à califourchon sur les cochons et je les fais courir en les piquant avec les plus grandes épines de la haie. Bien sûr je tombe souvent mais j'aime rouler dans l'herbe. Et surtout j'admire la chèvre dont la beauté distante m'a tout de suite conquise. Pour elle j'invente des jeux, des histoires, elle a de grands yeux qui regardent vraiment. Lorsque maman m'achète un de ces rouleaux de réglisse, mètre souple d'un noir brillant lové autour d'une boule de sucre rouge ou blanche, d'abord je croque la boule, ensuite je déroule la réglisse et j'en présente une extrémité à la bouche de la chèvre, l'autre à la mienne et nous grignotons, elle et moi, jusqu'à nous rencontrer nez à nez. Elle va beaucoup plus vite que moi parce que les chèvres ont une habileté fantastique de la lèvre inférieure qui, en une sorte de mouvement tournant, fait venir toute nourriture dans la bouche à très grande allure. J'y perds donc mais je suis tellement contente de ce partage que j'attends avec impatience la prochaine fois.

C'est en allant de Tortebesse à Clermont-Ferrand pour y chercher des pains de seigle ronds comme les pains de Rosières-aux-Salines, que je vois les premières gentianes de ma vie. Je ne les oublierai jamais. Maman n'est pas venue, je suis seule avec les deux fils aînés de nos voisins. On voit les volcans éteints qui entourent Clermont. Les senteurs du sol s'allient à l'espèce d'illumination qui me traverse quand brusquement je me trouve devant le jaune-blanc des gentianes. Quelque chose m'arrive, là, que je ne sais toujours pas vraiment nommer, une lumière, une force, la première de mes présences-absences.

Ce temps passé en Auvergne, sa durée réelle m'échappe. J'ai entendu dire que ce fut trois ou quatre semaines mais c'est à l'intérieur de moi un temps de liberté majeure, une sortie vers autre chose que notre maison et surtout la mesure prise de la différence entre mes sensations et le vent de catastrophe qui se levait tout autour en ces jours-là. Le retour est rapide. Seul un minime accident à l'une des voitures nous arrête à Gray. Une fille de notre suite, plus âgée que moi, est blessée au visage et je vois des Allemands prendre soin d'elle avec compassion et courtoisie dans l'hôpital qu'ils occupent. Non seulement ils ne coupent pas ses mains mais ils la soignent et la guerre une fois de plus m'étonne. Quand nous retrouvons notre maison, les nourritures abandonnées ont pourri sur la table, les lieux sont vides, libres, et sans mon père nous nous réinstallons.

Tout est en place. Le verre en menus morceaux bien pointus protège le mur du Carmel, Madame Derlon pleure dans sa cuisine et je regarde bouger son capulet de laine fait de petites bandes tricotées, mauves et grises. Elle a de très beaux yeux mais tristes et vite mouillés de larmes. Elle dit qu'elle ne peut presque plus se servir de ses mains. Je l'écoute tout en me demandant comment elle supporte le tic-tac de l'horloge qui salue chaque demi-heure et chaque heure par un carillon grotesque. Déjà je n'aime pas la mesure du temps mais dans ce cas précis où je perçois clairement l'enlisement d'un corps, je la ressens comme une torture, une ironie insoutenable.

De l'école, il n'en est pas question, d'ailleurs c'est l'été. À Rosières-aux-Salines où nous emmène le train, les mirabelles mûrissent aussi bien. Henri Samuel continue à venir chercher pour le bal le petit René qui poursuit ses facéties, par exemple il lui arrive de réclamer à cor et à cri une chaise de bois pour que, n'allant pas bêtement s'étouffer dans la paille, son pet sonore déclenche les rires, ou bien il me raconte que Louis et Claire s'étant brouillés, Louis ne voit plus clair et Claire perd l'ouïe. Dans la chambre de grand-père, il sort pour moi de l'armoire ses livres de prix et c'est ainsi que je lis *Michel Strogoff* et *Tarass Boulba.*

L'été de 1940 c'est aussi cette immense bâtisse rouge, à Sarrebourg, devant laquelle maman et moi attendons tout le jour dans la chaleur au milieu de centaines de femmes. Un signe quelconque a dû avertir ma mère de la présence possible de mon père dans cette bâtisse. Un signe incertain pour elle, pour toutes, car un climat d'angoisse entoure cette journée. Soudain, vers le soir, les hautes grilles s'entrouvrent et dans le mouvement qui se fait je me trouve portée en avant du groupe des femmes. J'entends maman qui m'appelle avec effroi. Trop tard, je suis déjà en train de demander mon père à un soldat allemand qui se met à m'embrasser, à caresser mes cheveux, à me promettre que je vais le retrouver, mon papa.

À l'écart de la confusion nous sommes ensemble tous les trois. Je voudrais aujourd'hui me souvenir précisément de ce que fut pour mon père et pour ma mère leur réunion au terme de ces mois si mouvementés, mais ce qui se passa forcément bien au-dessus de ma tête s'est perdu et je me rappelle seulement les barbelés, les feuillages poudreux et cet Allemand qui revint vers nous et m'apporta un superbe lit de poupée parce que ma façon de lui réclamer mon père, à lui qui avait pouvoir de le détenir, l'avait touché. Comme plusieurs fois déjà, ces événements contradictoires me remplissent de perplexité car en même temps j'apprends le mot « prisonnier de guerre » et je comprends que mon père va rester là, que nous allons repartir sans lui et qu'il va continuer à avaler cette soupe dégoûtante faite de boyaux de chevaux dont il a parlé tout à l'heure. Quand nous le quittons, il pleure. Je n'ai jamais vu pleurer mon père.

C'est un temps ni gai ni triste. L'absence de mon père est lourde mais au moins il vit dans un espace repérable, accessible à maman qui s'y rend chaque semaine et à moi de temps en temps. Sarrebourg, ce n'est pas tellement loin de Nancy et depuis que les Allemands ont affecté mon père à l'équipe de boulangerie, il ne risque plus la faim. Les jours où maman fait seule le voyage, une voisine, Madame Grosselin, vient nous garder mon frère et moi. J'apprends le mot « manutention ». Mon père travaille à la manutention du pain et cette tâche-là me paraît grandiose, je ne sais pas pourquoi. Peut-être à cause du pain qui commence à manquer ? Pour le reste, en ce qui me concerne, pas de problème. Mon amour des vergers a étendu ma convoitise vers le règne végétal. J'éprouve de vrais plaisirs gastronomiques à manger dans un ordre presque invariable les topinambours, les rutabagas, les navets bouillis à l'eau salée. Le sel va bientôt être considéré comme un luxe, maman en conservera précieusement dans des soupières et saladiers de faïence dont l'émail, peu à peu mais bien avant la fin de la guerre, sera atteint d'une espèce de petite vérole. Me voici enfin délivrée du supplice de manger du bœuf ou du mouton, les fromages que j'exécrais ont disparu et les quelques œufs qui demeurent suffisent à mon envie. Les files d'attente auxquelles maman me délègue souvent ne m'ennuient pas, elles sont un moyen de sortir de la maison, même si le spectacle est peu renouvelé, même s'il fait froid. Les épiceries du quartier sont quasiment vides mais cela transforme en exploit la recherche de nourriture. C'est plutôt agréable. On a ainsi le sentiment de se rendre utile.

L'école a repris. Chaque journée commence par une sorte d'hymne que je n'ai aucune peine à trouver stupide. S'offrir à un vieux chef tous les matins est un acte dérisoire dont la routine est vite expédiée. La photographie exposée en bonne place derrière la maîtresse, on peut l'éviter du regard ou la faire basculer dans l'absence à volonté. Ce qui compte, c'est ce qu'on apprend, cette volupté à mettre très vite les connaissances et compréhensions ensemble, à ouvrir des portes, créer des couloirs, sentir qu'à l'intérieur circule une vie. Je n'ai jamais vu la mer mais la géographie me parle d'elle et l'histoire des Normands. Pour l'instant, dans cet hiver glacé que je traverse sur mes semelles de bois et avec mon capuchon fait d'une peau de lapin cousue par maman, ça me suffit.

Un certain jour où le train nous conduit à Rosières-aux-Salines, nous parcourons les deux kilomètres qui séparent la gare du pays dans une bourrasque noire. Lorsque nous passons le pont, l'eau de la Meurthe semble bien près de l'emporter, d'énormes glaçons heurtent les piles, maman veut courir, moi je regarde les tourbillons de cette eau et le vent glacé me plaque contre le parapet dans un paysage à peine reconnaissable, la lumière de cette matinée est une lumière de crépuscule. Voilà que le sentiment du danger me vient avec celui d'abandon. Et puis la cuisinière rougeoyante de Léonie-Cécile, la façon qu'elle a de refermer la porte derrière nous me réchauffe jusqu'à l'âme. Grand-père a tué une poule et le bouillon, fidèle à lui-même, mijote à l'écart des ronds de métal entre lesquels bouge le rouge du feu et chaque fois que grand-mère les soulève avec le crochet, chaque fois qu'elle tisonne ensemble le bois et le charbon, une gerbe d'étincelles environne ses mains.

Les vitres ne sont plus bleues, on a décollé les bandes de papier mais il fait froid, très froid. Je me souviens de ce froid qui réduit la toilette, même celle du soir. On fait chauffer très peu d'eau, on se lave vite debout devant l'évier et maman m'emmitoufle pour la traversée du couloir, pour la montée de l'escalier qui mène aux chambres. Notre salle à manger avec ses grosses roses tango sur les murs reste déserte. Papa n'est pas là, il n'y a rien à manger, maman n'invite donc personne pour des repas. Dans ma chambre, je m'endors toujours dans l'attente de quelque chose mais je ne sais pas quoi au juste. Mon frère, qui est encore un bébé à mes yeux, dort dans la chambre de maman. Le jardin est triste, quelques légumes y gèlent tandis qu'il fait nuit.

Une mauvaise nouvelle arrive de la maison de brique, celle des cités de Dombasle-sur-Meurthe. J'ai une marraine. Jeanne. C'est une des plus jeunes sœurs de mon père. Je trouve son visage très beau, très rieur et je la connais bien car elle est venue souvent chez nous. Elle nous a même accompagnés en vacances à La Petite-Pierre avant la guerre. Ce voyage me laisse un grand souvenir, ce sont mes premières forêts vosgiennes et plus tard j'ai su qu'en ce lieu la maison que nous occupions était mise à la disposition des représentants de « La Licorne » durant l'été. Je suis sûre que dans cette maison une fille qui servait à table se nommait Aimée car jamais je n'aurais imaginé qu'on pût appeler ainsi une personne. Cela m'a beaucoup frappée. Il me reste de ce séjour une photographie de moi à cinq ans, assise dans le jardin — où l'on peut distinguer des fleurs et une palissade assez proche car ce n'est pas un parc —, le visage tout à fait résolu et le front encore bosselé d'un chevreau. Mon maintien doit porter quelques traces de celui (supposé) d'Oramaïka. Bref, je voudrais bien avoir gardé en moi intact ce que laisse percevoir cette image mais cela est loin d'être sûr. Il me reste aussi une photographie où l'on voit maman, ma marraine Jeanne et moi. Nous avons chacune une canne — les chemins des forêts vosgiennes ne sont pourtant pas si accidentés ! — et nous contrastons singulièrement avec le noir, la masse noire des sapins. Même sur une photographie aussi petite on se rend parfaitement compte que ma marraine est très belle.

Juste avant septembre 1939 elle s'est mariée et son mari est parti se battre aussitôt. Elle travaille dans un grand magasin de Nancy et rentre chaque soir à Dombasle-sur-Meurthe. On dit brusquement que Jeanne est malade, puis on dit qu'elle est très malade. J'apprends le mot « trépanation » mais on ne me l'explique pas clairement. Puis on dit que Jeanne, qui a vingt-huit ans, va mourir et, par une porte entrouverte de la cité où on l'a transportée après l'hôpital, celle qui sépare la cuisine de la chambre, je vois son visage entouré de bandes, je vois ses mains qui agrippent le drap.

Un matin, alors que maman et moi allons à Sarrebourg, un de mes oncles, qui sait notre passage dans la gare de Dombasle, s'approche de notre compartiment et parle à maman penchée au-dehors. Il s'appelle Auguste, il est pâle et je n'entends pas ce qu'il dit mais je sais qu'il dit la mort. Le train repart, je regarde maman sangloter.

Quand nous franchissons les grilles, papa vient au-devant de nous. Je cours et je lui dis : « Marraine est morte » en l'embrassant. Je comprends alors seulement que maman voulait le prévenir avec des précautions et des lenteurs. C'est trop tard. Nous passons la journée sur un banc dans un coin de la cour. Papa garde son visage enfoui dans ses mains et pleure, maman dit tout ce qui s'est passé et moi j'ouvre ces fleurs qui ressemblent à des lampions de fête car il s'en trouve un arbuste à proximité de nous. Je les prends, les unes après les autres, on les croirait en papier, elles sont d'un rouge plein d'orangé, je les déchire, fleurs entièrement fermées et de leur centre je sors une boule dure, vert brun, que j'écrase. Quand il m'arrive de voir ces fleurs aujourd'hui, elles sont chaque fois liées au chagrin de mon père devant la mort de Jeanne, et curieusement je n'ai jamais cherché à savoir leur nom. Elles sont pour moi les fleurs de la mort quotidienne, les fleurs de cela qu'on devrait pouvoir dire simplement, qu'on devrait pouvoir traverser en courant.

C'est durant la captivité de mon père que ma mère a été vraiment héroïque. Je ne faisais que le soupçonner et naturellement sans me rendre compte des risques qu'elle prenait. Les contrôles dans les trains, les contrôles à l'entrée et à la sortie de cette espèce de caserne où vivait papa, devenaient incessants. Or maman se chargeait des lettres clandestines d'autres prisonniers, de ceux qui ne voulaient pas se soumettre à la censure et elle leur apportait les lettres qu'ils attendaient en retour. C'était dangereux et les Grosselin, protestants, liseurs de la Bible, la regardaient partir en lui promettant de prier pour elle tout le jour.

Je ne sais pas ce qu'est un protestant ni ce qui est écrit dans ce livre épais qu'ils appellent la Bible. Prier est un mot obscur mais la gravité de Monsieur et de Madame Grosselin m'impressionne, c'est elle qui me rend palpable le danger que court maman, et la journée me semble bien longue même si je la passe dans leur maison qui sent tout au long de l'année la confiture de rhubarbe.

Je retrouve le jardin. Je regarde notre voisin qui bêche la terre. Il la fend, l'ouvre et la retourne juste devant la courte tranchée que maintient bien droite l'acier de l'outil. À chaque enfoncement, les traces de la terre sur le métal sont différentes. Maman sèmera elle-même mais elle a demandé de l'aide pour bêcher. Souvent je vais lire à voix haute près de Madame Derlon afin de lui faire oublier un moment son horloge carillonneuse. J'ai choisi *Le Tour de France par deux enfants.* Le jour passe difficilement à travers les rideaux de filet, tout me semble arrêté, paralysé dans cette maison. Je ne parviens pas à imaginer qu'un repas puisse y avoir lieu où seraient assis Monsieur et Madame Derlon, le grand-père — qui bêche en ce moment notre jardin — et André, élève à présent à l'école des Frères. Pourtant nos voisins se nourrissent mais cette fonction chez eux est auréolée de mystère à mes yeux, jamais rien ne cuit dans leur cuisine.

Après une journée mémorable, dangereuse entre toutes, au cours de laquelle maman a tenté de lui remettre des vêtements civils pour son évasion et s'est trouvée à un cheveu d'être découverte, on dit que papa, qui a réussi à se faire passer pour infirmier aux yeux des Allemands, va revenir. C'est l'été, les groseilles sont presques mûres. Le jardin vit sa vie de façon anarchique, il me paraît encore grand. Sans le savoir, je pense sans doute « Avant la guerre... ça va être comme avant la guerre » simplement parce que mon père bientôt sera là, parce que j'entendrai sa voix à table dès le matin entre le bol de malt et la tartine de pain de maïs. Car je ne l'ai pas vraiment vu partir, je n'ai pas compris qu'il partait pour si longtemps.

En octobre, mon frère aura trois ans et je sais que maman le protège, je sais qu'elle tremble pour lui à propos de tout. Je ne peux pas jouer avec lui comme je le voudrais, ni l'emmener au fond du jardin, il ne doit pas courir dans l'allée parce qu'elle est bordée de chaque côté de briques disposées obliquement l'une contre l'autre, ce qui fait une double rangée de triangles bien pointus et, à moi, il m'est expressément défendu de lui faire manger des fruits verts comme j'en ai, dit maman, la vilaine manie. Il m'arrive souvent de penser que ce n'est pas la peine d'avoir un frère. Trop d'années nous séparent et le lancinant regret de l'autre Pierre perdu m'enveloppe. Je reste seule entre mon frère mort et mon frère trop jeune et en même temps j'aime cette solitude, ce silence où vivent les feuilles, les fruits dont je surveille les métamorphoses. Un sentiment aigu de la correspondance des végétaux entre eux, entre eux et nous, et des changements qui arrivent par l'air, par le ciel, m'occupe intensément.

Aujourd'hui, quand je dis en riant que je suis une femme archaïque ou rustique, selon les jours, c'est parce que je sais que ce guet en moi demeure, inchangé, et qu'il est la seule raison qui me détourne des fruits mûris hors de nos saisons.

Mon père est là. Très vite je vois que son retour ne finit pas la guerre. Maintenant elle s'insinue dans la maison car mes parents ont désappris à vivre ensemble. Les actions héroïques, le courage surgi des situations exceptionnelles s'effacent derrière les nécessités quotidiennes, retombent dans une ombre dont ne les feront sortir par éclats brefs que les reproches en pleurs de maman. Papa, privé de sa voiture réquisitionnée par les Allemands peu après notre retour d'Auvergne, ne promène plus à travers les départements proches ses jolies collections de chocolats factices, le chocolat est devenu un souvenir et sans doute « La Licorne » n'existe-t-elle plus. Il entre au contrôle de la répartition des farines, à la Préfecture, et dès lors nous ne manquons plus de pain. J'apprends les mots « falsification », « panification » et même au début je les confonds un peu... J'écris en classe cette phrase : « La boulangère a triché, elle a panifié les tickets » comme exemple du passé composé. Des boulangers viennent à la maison où de longues conversations se tiennent. On me dit : « Si les Allemands viennent ici, tu ne sais rien, tu n'as vu personne. » Un jour je regarde mon père brûler dans la cuisinière des carnets entiers de tickets de pain. Ces allées et venues, la radio de la B.B.C. écoutée le soir avec toutes sortes de précautions, le brouillage des ondes, inefficace mais troublant, la pastille rose, acide et vitaminée, qu'on nous donne chaque matin après l'ode au Maréchal, les quatre biscuits à la caséine au début de la récréation de dix heures, l'oriflamme rouge à croix gammée frissonnant sur la façade du consulat d'Allemagne à quelques centaines de mètres de notre maison, les groupes d'Allemands paisibles que je croise en allant à l'école, leurs bottes de cuir, leurs aigles et cette chose inouïe pour moi, leur langue, leurs mots pleins de *r* et de *k*, car personne, dans mon entourage, personne, ne parle une autre langue que le français, tous ces signes produisent en moi une perception non douloureuse, perpétuellement étonnée, de la guerre.

Et lorsque s'offre à l'improviste la possibilité de retrouver les vergers, de m'asseoir une fois de plus à la table rectangulaire-ronde dans la salle à manger de Rosières-aux-Salines, et puisque le bois coupé par grand-père permet de cuire dans le four sans limite aucune les pommes d'Arcompey, alors oui, la guerre s'estompe, elle s'évapore, elle devient un état léger, distant. Je l'oublie.

Je ne sais toujours pas ce qui a incité mes parents à m'inscrire au cours de solfège du conservatoire, eux pour qui la musique ne représente rien d'autre que les bals de leur jeunesse — c'est à un bal qu'ils se sont rencontrés —, les opérettes et les chansons. Qu'ont-ils espéré en poussant la lourde porte de la rue Chanzy ? À l'école nous chantons, c'est-à-dire que nous répétons ce que chante la maîtresse tandis qu'elle active la manette latérale du « guide-chant ». Sans me l'avouer vraiment je trouve cela bien morne.

Mais le jour de la rentrée, dans la pénombre du couloir, j'entends quelque chose d'épais, de diffus, qui me rejoint, malgré les doubles portes matelassées, en un centre qui s'éveille aussitôt. Je ne sais pas encore nommer un violoncelle ou un hautbois mais j'entends des bribes, des fragments qui ne s'ajustent pas les uns aux autres car je marche dans ce couloir et dans chaque pièce on joue une musique différente, mais cela importe peu. Je sens une maison immense qui a été bâtie pour la musique dont je n'ai, en vrai, aucune idée précise et qui me prend tout de suite et pour toujours, là, comme je suis, au beau milieu de mes ignorances. Si bien que lorsque je me retrouve un quart d'heure plus tard dans une sorte de salle de classe sans pupitres et que Mademoiselle Creuzat dessine au tableau noir ce cercle aplati qu'elle appelle une ronde et ensuite sept rondes en escalier parce que ce sont les sept notes de la gamme, je me dis que chaque jeudi et dimanche matin vont être des matins de bonheur.

J'ai neuf ans et voilà que je prends seule le tramway n° 9 qui passe en bas de la côte de Buthegnémont à intervalles irréguliers, plutôt longs. Cela me donne un extraordinaire sentiment de liberté et Nancy, qui était jusque-là pour moi un lieu de passage — il faut traverser la ville d'une extrémité à l'autre avant de gagner la route qui mène à Rosières-aux-Salines — et une réserve de magasins pour les achats exceptionnels, se transforme en une zone sensible où des façades se précisent, où des repères deviennent agissants. Dans cet écart de temps incertain à cause des tramways capricieux, j'apprends la ville, j'apprends à l'aimer et, au-delà de son austérité lorraine, les autres villes futures, les latines et les nordiques. Cela, je ne le sais pas qu'une ville contient les autres villes mais plus tard je me souviendrai que je l'ai senti. De jeudi matin en dimanche matin, j'accrois mon parcours, je suis d'autres rues, j'attends le tramway à des endroits différents et de plus en plus je marche au lieu de l'attendre. Bientôt je ne le prends plus que dans un sens et je reviens à pied par d'autres chemins, bien que la distance soit grande entre le conservatoire et la maison.

C'est ainsi que choisissant la rue de la Côte plutôt que la route de Toul (avec sa variante latérale de la rue de la Foucotte), je découvre le cimetière de Préville. Son mystère, son odeur de buis, la variété inépuisable des inscriptions funéraires, les chapelles, les bouquets de cyprès me plongent dans des délices dont je ne peux parler à personne parce que j'ai le sentiment aigu qu'on ne les comprendrait pas. Le cimetière oblique de Rosières-aux-Salines — la tombe de mon frère et la fosse commune exceptées — me paraît tout à coup exigu, banal. Ici il n'est guère de chapelle dont un carreau coloré et serti de plomb ne soit cassé, ce qui me permet de regarder à l'intérieur, de voir des autels, des prie-Dieu, des candélabres et je me demande où sont les morts, où sont les entrées des tombeaux. Il me semble que ces morts pour lesquels on a aménagé si étrangement des demeures sont d'une autre espèce que ceux qui sont coincés sous les tombes. Ceux-là doivent disposer d'ouvertures secrètes et peuvent sûrement, certaines nuits, aller et venir comme dans les contes. Ce sont eux, les morts des contes, et ils ont des noms très longs, parfois ils sont barons ou baronnes, ducs ou duchesses. Si je cherche bien je trouverai des princes, des princesses... Je vois des photographies sur des livres de marbre infeuilletables et certains visages jeunes sont si beaux que je les choisis pour inventer les épisodes de leur seconde vie nocturne. Je prends tout mon temps, je m'assois sur des marches ou des rebords de pierre moussus, peu de gens parcourent les allées, surtout celles où je rôde et qui longent les murs. Cet abandon, ce silence me touchent en un lieu de moi indéfinissable où nulle crainte ne se glisse et je tombe de très haut quand, ayant perdu toute notion du temps écoulé, j'arrive à la maison. C'est le début de l'après-midi déjà et mes parents fous d'inquiétude, ne sachant où me chercher, me grondent et me giflent avec une violence telle que le charme apparemment se brise. Ils ne m'écoutent pas leur parler de ce cimetière qui s'est trouvé sur mon chemin et où je reste un peu plus longtemps chaque fois. Ils disent que je suis complètement folle, ils oublient qu'ils vont très souvent au cimetière de Rosières-aux-Salines, et m'y emmènent. S'en souvenant soudain, ils disent que ce n'est pas pareil, qu'il y a là une tombe à nous. Moi je ne les entends plus, mes joues me cuisent, on me pousse devant mon repas froid.

C'est vers ce moment-là que je prête une attention réelle à Baccarat. Baccarat est un des noms que prononce le plus souvent mémère. Elle, Léonie-Cécile Marquis, y est née, y a grandi en compagnie de ses seize frères et sœurs. Je ne sais pas si c'est à cause du cristal qu'elle semble attacher à son lieu de naissance une supériorité sur tout autre lieu, mais il est vrai que le mot cristallerie que j'apprends par elle revient lui aussi très souvent. Ma grand-mère ne me raconte jamais d'histoires de fées ou de nains, ni Poucet ni Chaperon rouge mais, dans le désordre, par échappées, elle me raconte Baccarat. À moi de relier, d'organiser cette suite d'images où se gravent un peu plus profondément pour elle, à chaque redite, des visages que pour la plupart je ne connaîtrai jamais. J'ai tout de même un souvenir très lointain, un fragment insignifiant, un tesson en quelque sorte, d'une poterie à reconstituer : c'est un jour ensoleillé, maman me pousse vers une vieille dame, assise, elle me dit de l'embrasser. Une poule picore sur la table, de cela je suis certaine parce que jamais je n'ai vu une poule sur une table dans une maison sauf là, et une femme, Marie, essaie de la faire s'envoler au sol. C'est tout.

Maintenant je comprends que la vieille dame était la mère de ma grand-mère, que Marie est l'une de ses sœurs. Maman ne m'a emmenée à Baccarat qu'une fois. Je ne me souviens pas avoir mangé là quoi que ce soit.

Dans un lieu aussi imprécis il me faut donc imaginer le père de Léonie-Cécile, graveur de cristal — il a inventé, dit-elle, beaucoup de « tailles ». Bien que pauvre, il s'appelle Marquis. Elle ne dit pas son prénom. Il travaille si dur à la cristallerie qu'il meurt à quarante-sept ans, laissant sa femme avec dix-sept enfants. De cette femme j'apprends seulement qu'elle est morte il y a peu de temps à quatre-vingt-sept ans, sans un cheveu blanc. Ce détail est très souvent rappelé. Cette femme forte, dont deux sœurs sont supérieures de couvent, élève ses enfants avec la plus grande sévérité. Les « petits Marquis » sont polis, serviables, appréciés dans tout Baccarat, mais leur mère ne peut les habiller. Heureusement des riches meurent de temps en temps, des notables de la cristallerie, et invariablement on choisit un enfant Marquis pour porter la croix de l'enterrement. Pour cet office on l'habille de neuf des pieds à la tête. Chacun son tour. Ainsi la famille se trouve vêtue, l'honneur est sauf. À onze ans, Léonie-Cécile, qui fait partie des aînés, est envoyée au travail. On lui met de la paille dans ses sabots et la voilà occupée tout le jour à trier des verres et à les mettre en caissettes. Parfois elle les manipule encore bouillants — elle me le répète chaque fois que je m'émerveille de la voir prendre des braises à pleines mains. On la fait balayer aussi avec un balai de paille de riz plus haut qu'elle. Elle porte des vêtements légers, il fait chaud dans une cristallerie mais les courants d'air y sont redoutables, elle continue à se méfier d'eux, ils rendent poitrinaire, dit-elle. C'est ainsi qu'elle grandit, levée à l'aube et debout jusqu'au soir, jambes nues dans ses sabots. Elle mange du pain, de la soupe, mais du lieu où elle dort, de sa maison, elle ne parle jamais. Des frères, des sœurs meurent : de la tuberculose ou de la méningite, mais elle s'intéresse davantage (et moi aussi) aux loups qui, un hiver, sont venus jusque dans les rues de Baccarat. Les a-t-on tués ? Oui, on les a tués.

Elle dit aussi que les hommes de la cristallerie lui tournent autour. Je ne vois pas très bien ce qu'elle veut dire mais j'entends cette recommandation qu'elle me fera ensuite si souvent et toujours avec un sourire qui plisse ses yeux : « Lolotte, méfie-toi des galants ! »

Certains noms qu'elle évoque ont tout de même un visage pour moi, ainsi ma grand-tante Caroline, femme de son frère Joseph, et leurs cinq enfants qui sont de grandes personnes ; je les connais tous un peu. Quatre femmes et un homme, encore un Pierre. Lui, je l'ai vu une fois, juste avant la guerre et la nuit suivante j'ai rêvé qu'il était étendu, nu, dans notre jardin. Je me suis approchée, sa forme était intacte mais il était, des pieds à la tête, noir-gris et le mouvement de l'air faisait bouger la surface de son corps imperceptiblement. J'ai posé mon doigt sur lui et il s'est effrité, il est devenu aussitôt un long tas de cendres. Ce rêve m'a effrayée, je ne l'ai pas oublié. De ce Pierre-là, on n'a plus rien su après la mobilisation. Ses parents, sa femme le recherchent par tous les moyens.

Ainsi ma grand-tante Jeanne. C'est elle l'aînée de ces dix-sept enfants. Elle est même la marraine de ma grand-mère ! Encore très jeune on l'a envoyée en Pologne pour s'occuper des enfants d'une famille riche. Aujourd'hui je crois que ce sont les patrons de la cristallerie ou mes arrière-grand-tantes, supérieures de couvent, qui avaient dû arranger cet exil économique durant lequel Jeanne semble s'être beaucoup amusée. À son retour elle a épousé Adrien Chanel et ils ont eu deux filles : une, brune et méchante, l'autre, blonde et gentille, exactement comme dans les contes. Cette tante-là, je la vois souvent, elle est follement gaie et jamais je n'ai vu quelqu'un découper aussi bien le papier en toutes sortes de farandoles. Elle et mon oncle Adrien habitent à Toul une petite maison dont le jardin me paraît mystérieux, sans doute à cause de la fantaisie complète dans la non-disposition des plantes, fantaisie tombée tout droit de la tête de Jeanne.

Tous les autres noms composent l'histoire. Ils sont rappelés selon les différents épisodes de cette suite dont ma grand-mère ne se lasse pas.

Cela m'entraîne en arrière et me plonge dans un temps qui me trouble parce qu'il est fini. Ainsi elle peut dire et redire que sa sœur Marguerite, enceinte sans mari, fut jetée à la porte par son irréductible mère qui ne plaisantait pas avec l'honneur des Marquis — d'autant plus dignes qu'ils étaient pauvres — et fut recueillie par elle, Léonie-Cécile, jusqu'à la naissance de la petite Raymonde et même un peu au-delà, ce qui confinait à l'héroïsme. Ensuite il fallut que Marguerite se trouvât du travail et surtout un homme pour effacer l'affront, être un peu heureuse et élever l'enfant. Elle partit pour Paris, laissant provisoirement Raymonde à mes grands-parents. Plusieurs années passèrent et il arriva l'inévitable : Marguerite, mariée, vint rechercher sa fille qui, elle, se croyait là pour toujours (comme je la comprends ! elle voyait cette placette claire, cette fontaine, elle donnait de l'herbe aux lapins, suivait Léonie-Cécile quand elle lavait le linge dans la Meurthe ou quand elle achetait son pain près du Banban...). Ce fut terrible pour elle et pour mes grands-parents. À cet endroit précis de son récit, ma grand-mère ajoute toujours ce détail qui n'a l'air de rien mais me fait toucher la réalité : « Je lui avais acheté un petit rouleau de bois et elle étendait la pâte à côté de moi. » Pendant toute l'année qui suivit son départ de Rosières-aux-Salines, la petite fille dépérit, elle ne s'habituait ni à Paris ni à sa mère ni à celui qu'on nommait l'oncle Job. On appela mes grands-parents ; ils arrivèrent pour la voir mourir, grand-mère apportant en pleurant le rouleau de bois que Raymonde réclamait dans son délire. Quand on leur ouvrit la porte, ce qu'ils virent je l'ai vu moi-même chaque fois qu'on me l'a raconté : pour tenter de la sauver, on tenait fendu en deux sur sa tête un pigeon qui bougeait encore et dont le sang s'écoulait, inondant son visage. Non vraiment, grand-mère, grand-père ne s'en remettraient jamais.

J'essuie la vaisselle dans la cuisine de Rosières-aux-Salines. Les grandes personnes sont à table, de l'autre côté, dans la salle à manger. Je regarde ma grand-mère laver avec une grande rapidité les assiettes, les couverts dans de l'eau très chaude où elle a mis quelques cristaux de soude. Une odeur salée et fade à la fois flotte entre elle et moi. « Prends un péteux sec dans l'armoire, le tien est mouillé ! » Un péteux, c'est un torchon, et les torchons de ma grand-mère n'ont rien des rectangles de toile écrue à raies rouges avec une ganse bien cousue dans un coin pour les accrocher. Un péteux c'est n'importe quoi, un chiffon propre, un bout de drap usé, n'importe quoi qui puisse essuyer. Ensuite, nous revenons avec les autres et ma grand-mère apporte le café qu'elle a réchauffé, chacun le prend dans son verre après avoir mis du sucre au fond pour que le liquide chaud ne le fende pas. C'est toujours comme ça.

Un jour, à la sortie de l'école, je me décide brusquement à suivre ceux et celles qui vont au catéchisme. Ce mot me paraît tout à fait étrange et je veux savoir ce qu'il y a derrière. Sans prévenir maman qui va pourtant s'inquiéter et me gronder, je pars vers le Carmel, l'autre côté du mur qui clôt notre jardin. Ce mur couronné de morceaux de verre, derrière lequel tinte, au loin, à certaines heures, une cloche répétitive. Il faut faire un détour pour parvenir à des grilles qui transforment en impasse une rue courte bordée de jardins. Je suis les autres qui entrent, traversent une cour et poussent la porte d'une petite église, ils disent une chapelle. Un vieux prêtre les attend et leur parle. « Seul, Dieu peut faire des choses extraordinaires. » Je me lève courroucée : « Et les fées ? Vous oubliez les fées ! » Le vieux prêtre me regarde, me demande qui je suis et me dit : « Mon enfant, les fées n'existent pas. » J'entends encore le ton de douceur amusée, je vois son sourire derrière ses lunettes un peu ovales, cerclées de métal, et quelqu'un que je remarque seulement à ce moment-là, une femme au visage très brun, me fait signe de me taire et de m'asseoir mais elle sourit aussi. Je ne sais pas encore qu'elle s'appelle Antoinette Méon et que, durant plusieurs années, elle me fera découvrir les formules grandioses du catéchisme que je décortiquerai une à une avec une rigueur passionnée mais sans renoncer, en un coin de moi bien gardé, à Mélusine ou à Morgane.

Notre quartier est surtout constitué de rues en pente, d'autres, parallèles et plates, qui les relient et, comme la place ne manque pas, de vastes ronds-points. L'hiver, sous la neige, le silence s'épaissit et la blancheur agrandit toutes les proportions. La réserve de silence et d'immobilité du Carmel se met à communiquer par-dessus le mur avec cette étendue nivelée. L'odeur du poêle à explosion de la salle à manger me remplit d'aise intérieure, la très large fenêtre, toujours si transparente et aux rideaux si blancs, engloutit toute cette lumière. Ce sont des moments propres aux dimanches, le poêle est allumé, maman prépare un repas qui sent bon et papa a frotté de papier de verre les deux fers de ma luge. Cet après-midi je glisserai sur la neige des rues dans lesquelles aucune voiture ne roule. Mon frère a un peu plus de quatre ans, il est doux, timide et si sensible que, lorsqu'on le gronde, il pleure et s'étouffe aussitôt, se rejetant en arrière, devenant très pâle, nous tenant chaque fois suspendus à sa respiration. Il arrive que papa se fâche, reprochant à maman d'avoir, pendant qu'il était absent, trop couvé son fils. Mais il manifeste ce regret de moins en moins parce que cela se termine alors plus mal que les crises d'étouffement de mon frère. Pour vivre vraiment avec moi, Pierre est trop jeune, je le ressens de plus en plus et je suis séparée de lui davantage encore par le mur que crée la vigilance dont l'entoure maman. Même pour quelques parties de luge dont je pourrais à cause de lui garantir la sagesse, il n'est pas question que je l'emmène et pourtant, comme il s'amuserait ! Alors je rejoins les autres et ce sont de folles glissades dont nous cherchons par tous les moyens à accélérer la vitesse. Combien de fois nous aboutissons, la tête la première, dans les tas de neige durcie et grisâtre des bas-côtés qui transforment en talus les caniveaux ! Comme nous sommes bien dans ces rues désertes, tenues par la guerre à l'abri de toute circulation, dans le froid de Lorraine qui fait endurer aux mains une brûlure si intense au moment même où l'onglée cesse ! Quand la proximité de la nuit commence à se faire sentir et qu'il va falloir rentrer avec la luge dont les fers sont blancs comme de l'argent, je me dis, peut-être papa a-t-il fait de la brioche ? — car de dimanche en dimanche il en promet —, il sait puisqu'il a pétri tant de pain pour les Allemands de Sarrebourg ! Après la neige, j'aimerais tellement sentir cette odeur dans la maison ! Ce sont là les seuls sports d'hiver que je connaisse, sans doute les seuls que je connaîtrai jamais. Impossibles aujourd'hui pour les enfants du même quartier, ils sont liés pour moi au sentiment aigu de l'hiver, à l'obstination gaie sous le gel, au petit miracle de la chaleur d'une maison que l'on peut reconnaître entre les autres maisons.

Parmi mes camarades du conservatoire je parle surtout avec une fille aux yeux noirs brillants, aux cheveux coiffés en anglaises serrées. Je me vante auprès d'elle d'avoir trente robes, d'habiter une maison emplie de chambres et entourée d'un parc. Plus elle semble me croire, plus je multiplie les détails. J'invente pour elle des contes parce que je lui trouve des allures de princesse et que je voudrais l'entraîner dans mon monde. D'ailleurs, si nous sommes là, c'est bien pour apprendre la musique qui est une des principales occupations des princesses. Elle ne me dit pas grand-chose d'elle, de sa maison, mais son sourire, son intérêt passionné me suffisent.

Et puis soudain mes contes tournent court. Un jeudi matin, je descends du tramway deux stations plus loin afin d'arriver au conservatoire par une autre rue. Marchant, je croise la rue des Ponts. Elle est barrée par des gendarmes et des camions bâchés y sont rangés le long du trottoir. On entend des cris, des pleurs. Je m'arrête et je vois qu'on pousse dans ces camions en les aidant à monter des femmes, des enfants, des hommes. On sépare les femmes des hommes. On sépare aussi les enfants. Je regarde, je ne sais pas et je sais. Jamais plus la petite fille aux anglaises serrées ne viendra au cours du conservatoire. « On a emmené les Juifs », c'est la seule chose qu'on entend dire ensuite. Aujourd'hui encore je ne me console pas d'avoir oublié son nom. Mais ce que j'ai vu, je l'ai vu et heureusement personne, sur le coup, n'a tenté de m'expliquer quoi que ce soit. Ainsi ce fut tout de suite clair, j'ai reçu le choc entier en ce lieu de soi où naissent le doute, l'effroi et la vigilance. Un lieu immédiatement averti si on aime la vie. C'était donc pour aboutir à « ça », cette étoile jaune ? Pour moi elle brillait de son éclat d'étoile simple sur le manteau de la princesse, elle lui ajoutait une grâce que n'avaient pas les autres. Peut-être est-ce à cause de cette étoile que je lui ai parlé, qui sait ?

la présence de la guerre dans la vie de l'enfant - l'innocence de l'enfant face à une réalité horrible.

Rosières-aux-Salines en 1943. Je comprends mieux pourquoi la guerre est si terrible, pourquoi maman s'est enfuie avec nous à Tortebesse. Gaston Caïn, sa femme, les Dreyfus, les Samuel ont été emmenés par les Allemands. Personne ne sait où. Henri Samuel a disparu, mon grand-père dit à voix basse qu'il a sûrement rejoint les Rouges en Espagne. Léonie-Cécile pleure. Plus fort que toutes les paroles on entend le silence dans la cuisine sombre malgré l'été. Plus rien ne sera jamais pareil. Où est mon amie du conservatoire ? Papa, qui a été prisonnier et qui est pourtant là, bien vivant, dit : « ils reviendront », mais sa voix s'enroue. Je regarde la petite chaise à contre-jour de la fenêtre. « Assieds-toi Riri ! » Je vais juste avoir dix ans. Tous nous pouvons être emmenés alors, si les Juifs le sont ?... cela je le comprends, je ne saisis aucune différence entre Gaston Caïn qui remplit la casserole de lait tiède et moi, c'est un homme, c'est tout, il est un peu vieux, c'est tout.

Un matin, dans le tramway n° 9, au moment de payer mon billet, la pièce de monnaie que je tiens serrée dans ma main m'échappe et je la perds à travers le caillebotis. Je suis très ennuyée, je ne sais pas quoi faire. Deux Allemands s'en sont aperçus et l'un d'eux paie mon ticket. Il me le donne en souriant. Je le regarde, une douleur violente me prend au milieu du corps, je voudrais crier. Je ne crie pas, je lui dis merci très poliment.

Pour le premier examen de ma vie, je descends avec les autres l'avenue de Boufflers. L'examen s'appelle le D.E.P. Notre maîtresse Madame Rolland nous accompagne, elle nous a dit exactement comment ça se passerait. Nous allons dans une autre école de la ville pour être des inconnus devant les instituteurs qui nous examineront. Nous nous sommes levés de très bonne heure; ce jour qui va se dérouler autrement m'enchante. Non seulement je n'ai aucune peur, mais je me sens extraordinairement réveillée. L'école dans laquelle nous nous installons me confirme dans l'idée que nous avons là-haut, à Buthegnémont, une école superbe, constatation dont je tire un confortable sentiment de supériorité. On nous dicte d'abord un texte avec des précautions insolites de prononciation, ce qui gâche un peu mon plaisir, puis vient le moment tant attendu de la rédaction. On nous demande de parler de notre jeu préféré. Je n'hésite pas : je choisis le jeu de la poupée. Probablement parce que ayant le sentiment — comme toujours je l'aurai par la suite — qu'on lit dans mes pensées, je ne peux m'empêcher de dire à quel point, par moments, ce jeu me prend. Parce qu'il touche à tout autre jeu, parce qu'il s'intègre dans toute l'histoire que j'invente, parce qu'il est violent, doux, absolu, parce que, dans ce jeu, j'aime. Écrivant cela j'oublie l'examen, les autres, l'école, et ensuite toutes les interrogations sur les surfaces, les périmètres, les nombres, l'histoire, la géographie ne sont plus que des détails dont à peine je m'aperçois tellement dure en moi le plaisir d'avoir écrit librement. Quand on nous donne plus tard le résultat de l'examen, au contentement d'être reçue s'ajoute une joie bizarre : on me dit que ma rédaction à laquelle j'ai eu dix sur dix vient d'être imprimée dans un livre, on dit le mot « inspection académique », que j'entends pour la première fois.

Madame Derlon ne se lève plus. Elle reste couchée tout le jour dans sa chambre face à ce carillon dont l'existence est un mystère pour moi. L'avoir choisi m'étonne déjà mais le supporter dépasse le seuil d'une sensibilité normale. Les visites des voisines sont nombreuses mais ne parviennent pas à ôter de ce lieu sa tristesse, son découragement. La sœur Édouard vient pour les piqûres avec son sourire plein de force. Quand elle repart, elle retrousse les deux côtés de sa jupe, les attache avec une espèce de pince et remonte sur sa bicyclette. Je sais où elle habite parce que l'été dernier je suis allée tous les après-midi pendant un mois dans un endroit que l'on appelle le patronage. C'est une prairie en pente bordée de barrières qui ont l'air d'être en bois mais qui sont en ciment. Sur le côté de cette prairie on voit une maison qui est celle des sœurs. Sœur Vincent fait le ménage, sœur Édouard et sœur Marthe vont soigner les malades. La prairie est le lieu des jeux et, s'il pleut, une salle vitrée, où sont remisés des bancs, sert d'abri. Ce qui m'a déplu pendant ce mois de patronage c'est que nous étions obligés de faire la sieste, étendus dans l'herbe, en bougeant le moins possible. On nous avait donné à chacun un chapelet bleu, blanc, rouge et durant le dernier tiers de cette sieste forcée on nous le faisait réciter tout entier pour la France. Le côté vague de cette prière m'ennuyait. Je me demande de quoi se nourrissent les sœurs, d'hosties peut-être ?

Si je pense aux hosties c'est parce que, au printemps, j'ai fait ma communion privée. Un vicaire de la paroisse Saint-Mansuy, qui enseigne le catéchisme à l'école, est venu le demander à mes parents. Il leur a dit que j'étais allée de moi-même au Carmel puis chez Antoinette Méon et en plus à ses cours à lui, que cela prouvait mon intérêt pour la religion et que je devais communier. Mes parents ont hésité parce que la communion solennelle, selon eux, c'est la première communion et qu'on ne doit pas communier avant douze ans. Mais non, a dit l'abbé, cela, c'était autrefois et d'ailleurs on ne sait pas combien de temps on vivra et il leur a parlé d'Anne de Guigné. Ils ont fini par accepter et j'ai communié à Saint-Mansuy avec, sur la tête, une fine couronne de fleurs blanches. À la sortie de la messe, maman m'a demandé mes impressions et j'ai seulement répondu que l'hostie avait le goût de la crème de riz, ce qui m'a aussitôt valu une gifle. Je trouve cela bien injuste, quand j'y repense, parce qu'une impression c'est aussi dire ce qu'on éprouve à propos de la saveur d'une chose à laquelle on n'avait jamais goûté jusque-là. Peut-être les sœurs, à cause de leur état particulier, ont-elles le droit de manger beaucoup d'hosties chaque jour, peut-être cela leur suffit-il ?

De la religion à la musique

Approche abstraite de la musique par le solfège du conservatoire. Et puis, un jour de l'automne 1943, une maison haute de la rue de la Foucotte s'ouvre pour moi. Une maison où des fourrures couvrent le sol, où des pommes cuisent en permanence dans un fourneau de fonte émaillée, où des divans se devinent. Une maison sombre dont je ne connaîtrai jamais que le vestibule et les deux salons en enfilade. Parfois une lumière de soleil court effleure les vitraux du grand escalier. C'est Mademoiselle Draber qui m'enseignera le piano. Le piano est noir, sur les touches, après la leçon, on pose doucement une bande de flanelle brodée au point de croix. Ce simple geste rend précieux l'instrument, rend précieuse la musique qui peut en sortir. Mademoiselle Draber est très belle, elle est tout entière un sourire. Comment devine-t-elle que j'ai entendu très peu de piano, sauf par bribes, au hasard de portes entrouvertes au conservatoire ? Je ne connais ni le nom de Mozart ni le nom de Bach. Alors de temps en temps elle inaugure la leçon par une gavotte, un menuet ou une invention. Ensuite elle me rend le tabouret mais tout est changé et la gamme que je répète, l'exercice rythmé, le déchiffrage deviennent les parties d'un grand tout qui m'enveloppe. Rentrée à la maison je ne peux m'exercer, faute de piano, que sur le rebord de la table de la cuisine mais cela ne me gêne pas. Je regarde la *Méthode Rose*, ses pages encore inexplorées, avec un plaisir intense.

Dans la salle à manger, immobile au fond du berceau alsacien décoré par maman de percale rose, dort ma petite sœur. À cause de la musique et de l'école, à cause de la guerre et des bouleversements qui me troublent, je n'ai pas prêté une attention réelle à cette annonce exorbitante : tu vas avoir un autre petit frère ou une petite sœur. J'ai vraiment vécu en marge du ventre changeant de maman. Cet été, durant les cueillettes à Rosières-aux-Salines, je ne l'ai pas vue s'asseoir difficilement dans l'herbe et quand elle est partie en pleine journée, emmenée par l'ambulance des pompiers et que Madame Grosselin est aussitôt venue auprès de nous, j'ai seulement cru à un événement possible.

« Elle a perdu les eaux », dit Madame Grosselin à la voisine. Je ne demande aucune explication. Je ne sais absolument pas comment naissent les enfants.

Puis notre grand-mère Anne-Gabrielle vient dormir dans la maison dont papa aussi est absent, c'est elle qui fait cuire les repas, elle qui achète ce raisin doré que nous mangeons en nous promenant dans les allées du parc Olry après la première visite à la Maternité où maman est couchée dans une chambre avec, auprès d'elle, Anne-Marie ma petite sœur regardée longuement au cœur d'un étonnement profond.

Le lendemain un besoin irrésistible me vient d'utiliser le téléphone nouvellement installé pour annoncer à tous les gens connus de mes parents : « Ma petite sœur est née, elle s'appelle Anne-Marie, elle est belle, elle me ressemble. »

Cette histoire se raconte, on en rit. J'en suis un peu confuse après coup mais qu'ai-je dit au juste ? Seule, singulière entre les deux Pierre, voilà que je vais regarder grandir un être à ma ressemblance. Sans doute est-ce de cette ressemblance-là que j'ai voulu parler sans me douter que, pour ma mère, entre Anne-Marie et moi il y a une immense différence : elle est la fille après le fils tant désiré, on peut donc la célébrer en tant que telle, mais moi je suis la fille au lieu du fils, celle qui n'a pas remplacé le petit mort, je suis donc violemment, radicalement autre. Je viens d'avoir dix ans, comment pourrais-je comprendre aussi vite ce qui sera l'évidence croissante ?

Richesse d'octobre 1943. J'ai le sentiment d'avoir une mère exceptionnelle parce que, le jour même de son retour à la maison et dès l'enfant installée dans son berceau, elle confectionne une tarte à la frangipane pour recevoir des amis. Elle se tient debout, elle s'active tandis que je dessine le château de Trinquelage et que je m'émerveille de ces trois mots de Daudet : « Les étoiles avivées de froid. » Présence de la petite fille fragile que l'on entoure de soins qui me fascinent, il me semble que la maison s'ouvre à une douceur familière qu'elle n'avait pas, la salle à manger où l'on a placé le berceau est chauffée légèrement tout le jour, on peut aller et venir entre elle et la cuisine, surveiller le sommeil de l'enfant, baisser ou relever les arcs d'osier qui soutiennent le tissu de la capote en faisant le simple geste d'écarter ou de rapprocher les boutons-pression d'un large ruban.

Un jour de novembre, des déménageurs apportent un piano d'acajou. Un petit piano droit, un Érard, qui est resté si longtemps fermé que ses touches d'ivoire ont pris par endroits la teinte rouge du bois. Aussitôt la desserte est poussée pour lui faire place dans un angle de la salle à manger et je regarde ce piano improbable avec le sentiment qu'un miracle vient d'avoir lieu. D'où tombe-t-il ? Mon père a persuadé l'un de ses clients de le lui vendre car lui et maman se sont rendu compte de la sécheresse de mes exercices de délié sur le rebord de la table et du peu de consolation que j'en reçois. Je vais donc pouvoir approcher le piano dans le plaisir pur et je sais, sans qu'il soit nécessaire qu'on me le dise, que ce qui arrive par une grâce inattendue est infiniment plus précieux que tout ce qui vous appartient de droit comme un piano de famille, par exemple, installé de toute éternité dans un salon. En même temps je ne peux m'empêcher de remarquer que ce piano porte la date de sa facture : 1840, que son clavier est plus court de presque une octave et qu'il est muni d'une seule pédale, celle du forte. Et voilà que papa me dit que l'impératrice Marie-Louise possédait le même — l'ancien propriétaire du piano le lui a révélé — et que j'ai une chance inouïe de disposer d'un instrument aussi remarquable. Tout de suite j'ai conscience de ce signe du destin : à la princesse qu'en secret je suis, il est fait certaines faveurs, je me sens accordée à ces faveurs et j'en retire une joie délicieuse. Je l'ouvre, je le referme, je regarde ses cordes obliques et, le lendemain, j'attends avec fièvre l'accordeur. Je cours en sortant de l'école afin de le retrouver plus vite. Jamais une gamme ne m'ennuie. Sa beauté, ses proportions m'enchantent, ses bougeoirs simples de bronze terni. Ce piano est, en fait, le premier meuble ancien que je vois et la salle à manger, copie Henri II, qui brille de son encaustique tout autour, devient bien indigne de mon château intérieur.

Fièvre écarlate. Pour une fois le minuscule poêle à bois et briquettes de charbon a été allumé dans la chambre où je claque des dents, recroquevillée au fond de mon lit, gorge dans l'étau de l'angine. Comme à l'accoutumée quand je suis malade, je suis tenue dans une fièvre stridente, acérée, qui noue mes os et m'exalte au-dessus de moi. Dans le crépuscule, je vois les lueurs du foyer sur le plafond, j'entends se dilater le mica. Plus de piano, plus de petite sœur dont on me tient sévèrement éloignée. Demain matin on m'emmène à l'hôpital dans le service des contagieux et le docteur, qui sort de la maison, a dit le mot scarlatine. Depuis hier je suis, du front aux orteils, plus rouge qu'un homard qui sort de son court-bouillon ainsi qu'il est représenté dans les livres. Un rouge uniforme comme une teinture. Quarante jours, il a dit quarante jours d'hôpital. Vingt jours de diète absolue et vingt jours de régime sévère. J'entends de vagues bruits en bas. Je passerai Noël à l'hôpital. Demain les pompiers viendront et désinfecteront ma chambre, on emportera mes vêtements dans une étuve, on brûlera peut-être mes livres. Tout cela est venu soudain, je ferme les yeux sans pensée. Et c'est sans pensée que je dis au revoir à mes parents, de loin, dans un vestibule sombre où m'accueille une religieuse. On m'installe dans une salle commune, pas très loin d'un angle mais loin des fenêtres, où sont déjà couchés au moins seize malades d'âges très différents. La fatigue, la fièvre empêchent tout examen plus approfondi.

C'est un hiver étrange. La faim a disparu, mon corps où ne s'amorce aucune desquamation est un corps flottant qui maigrit, grandit, découvre des états dont il ignorait tout. Des enfants jouent, des vieilles femmes pleurent, les lits sont distants d'un mètre cinquante à peine, les sommeils sont emplis de soupirs, de paroles incertaines, de gémissements. Je découvre la lumière d'une veilleuse, la profondeur qu'elle interdit à la nuit. Parfois des disputes naissent puis sombrent dans la prière de chaque jour à cinq heures. Un chapelet pour la France. La religieuse marche de long en large pendant les cinquante *Ave.* Ma voisine m'a demandé si j'ai des poils sur le corps, sous les bras, en bas de mon ventre. Non, je n'en ai pas. Le manque de toute nourriture solide m'ôte l'envie précise de retrouver ma vie habituelle. J'oublie mes grands-parents, Madame Derlon, l'école, le conservatoire, mes leçons de piano chez Mademoiselle

Draber. Je deviens observation pure, réceptivité entière aux moindres changements qui surviennent dans ce quadrilatère dont l'éclairage, les odeurs sont la désolation même. Maman m'écrit de petites lettres, ce sont les premières de ma vie mais je n'ai pas le droit d'y répondre à cause de la contagion. Un matin on me conduit dans une salle de bains, on me désinfecte après m'avoir lavée dans de l'eau soufrée et on me promet un peu de nourriture chaque jour. Ma peau va se renouveler, j'en perdrai des milliers de parcelles fines, encore vingt jours et je pourrai rentrer chez mes parents pour une seconde quarantaine interdite d'école. Longue mise à l'écart de la vie des autres mais pas de tous les autres car ceux-là, celles-là de la salle commune, je ne les imaginais pas. Soulevée par la fièvre et le jeûne, je les entends, je les vois avec une acuité que je n'ai encore jamais connue mais qui ne dissout pas la force de l'évidence qu'ils me sont étrangers. Je découvre, j'apprends la distance.

Avec la nourriture redonnée parcimonieusement revient la faim. Reviennent les tourments du manque qui avaient disparu dans le jeûne. Compter les jours pour rentrer à la maison signifie compter les jours qui me séparent de l'acte de manger, la maison devenant une table sur laquelle maman posera des plats. Moi qui n'aimais pas cette viande que l'on m'obligeait à avaler, je convoite du veau en gelée, des volailles dorées, des menus disparus depuis la guerre et dont je me souviens comme si l'éventail des aliments s'ouvrait, comme si le monde de la nourriture m'apparaissait dans une netteté qui fait mal, et quand enfin s'ouvre cette porte derrière laquelle me semblent changées toutes les proportions de la maison, la première surprise qui me va droit au cœur est une boîte pleine de ces biscuits caséinés distribués quatre par quatre chaque matin à la récréation pour compenser les carences dont nous sommes supposés souffrir. Madame Rolland m'a gardé ma part, soigneusement, elle a accumulé les biscuits en vue de mon retour et cette attention me procure un sentiment profond de justice tout en me rassurant — jamais je n'ai vu posée devant moi une telle quantité de gâteaux secs — comme doivent rassurer les greniers à blé, comme seuls savent rassurer les céréales et le pain.

Quarantaine à la maison. Je vois les autres passer dans la rue pour aller en classe. Ma petite sœur me sourit et mange de bon appétit les bouillies que je tourne pour elle sur le gaz, à petit feu. La farine cuit dans le lait à bouillons très courts, on doit garder un mouvement bien régulier et ramener toujours le contenu onctueux vers le centre de la casserole, ainsi on évite le brûlé et les grumeaux. Maïzena, crème de riz, crème d'orge, crème d'avoine, lait que Madame Albrecht continue à apporter chaque matin de sa ferme, sourire tout en or de Madame Albrecht. Exceptionnellement Mademoiselle Draber vient me donner des leçons à la maison, elle admire mon piano mais regrette son clavier un peu court et la pédale unique du forte. Elle dit que si je travaille bien je pourrai participer à l'audition publique qu'elle donnera chez elle juste avant l'été. Je déchiffre de courtes gavottes, c'est la seule musique que j'entends.

Hiver en Lorraine. Parfois les jours sont clairs, je peux longuement observer les merles dans le jardin. Tous les potagers sont tristes en hiver, les feuilles des poireaux, aux extrémités violettes, se recroquevillent sous le froid, quelques choux survivent. Mais le plus souvent nous sommes enveloppés de brouillard jusque tard dans la matinée. Des pluies froides, verglaçantes, de la neige fondue empêchent toute lumière. Nous vivons rassemblés dans les deux seules pièces chauffées, la cuisine et la salle à manger où nous ne mangeons presque jamais. Maintenant papa ne travaille plus à la répartition des farines. Depuis plus d'un an il est assureur. Je vois sur la table de la salle à manger des papiers de plusieurs couleurs sur lesquels, en haut, un immeuble est dessiné. Cet immeuble avance comme une figure de proue entre deux rues obliques qu'il délimite, il semble triangulaire mais le sommet du triangle, dirigé vers moi qui regarde, est arrondi suffisamment pour qu'on ait pu construire un portail au rez-de-chaussée, quatre fenêtres superposées qui indiquent les étages et, pour finir, une sorte de coupole. C'est la coupole qui fait surtout penser à une figure de proue. En dessous, on lit en grandes lettres compliquées de fioritures : La Séquanaise. Personne ne peut m'expliquer l'origine de ce nom. Personne n'a étudié le latin et ne sait que Sequana est le nom latin de la Seine. Je suis la seule à m'étonner sans trouver de réponse. « C'est un nom comme un autre, c'est le nom de la compagnie d'assurances, c'est tout ! » Je lis aussi S.A.R.L. au capital de 1 000 000 de francs et sur ces initiales papa peut m'éclairer, mais je ne comprends pas très bien en quoi consiste son travail. Chaque mois il reçoit un papier où figure une longue liste de noms et, parmi eux, le sien. C'est un classement pour la France entière et souvent le nom de papa se place en tête. J'en suis fière au début tout en trouvant bizarre que les grandes personnes soient traitées comme des écoliers. Ça veut dire quoi, être premier, quand on est contrôleur d'assurances ? Cela veut dire convaincre plus de gens que les autres contrôleurs de la nécessité de s'assurer, par exemple leur faire comprendre que s'ils prennent une assurance sur la vie, leur mort sera payée à ceux qui vivent plus longtemps qu'eux. Ce que j'entends est si absurde qu'assez rapidement le classement mensuel de papa cesse de m'intéresser, quelque chose m'avertit de la malhonnêteté organisée d'un tel travail, et parfois je crois surprendre dans les paroles de papa un grand regret de l'abandon de son rêve ancien : posséder une belle épicerie fine où il aurait vendu la meilleure huile, les fromages les mieux affinés, des bonbons surfins dans des bocaux de verre, des cafés qu'il aurait torréfiés à mesure, des sardines à l'huile d'olive dont il aurait amoureusement retourné les boîtes à intervalles réguliers de façon à rendre bien moelleuse la chair des poissons. Mais chaque fois maman coupe ses envolées en lui rappelant qu'ils sont deux et que, elle, elle n'aurait pas voulu vivre une vie de marchande, pour tout l'or du monde, cela, elle ne l'aurait pas voulu.

Je regarde papa étaler sur la table cette énorme quantité de papiers. C'est vers ce moment-là qu'il commence, mine de rien, à me demander comment s'accorde tel ou tel participe passé, ou qu'il me fait part de ses doutes lorsque deux verbes se suivent. J'ai maintenant un peu plus de l'âge qui fut le sien lorsqu'il entreprit ses tournées de pain dans les cités de Dombasle-sur-Meurthe avec sa charrette à âne. Il y a si longtemps de cela pour lui... comment pourrait-il encore savoir sans défaillances les règles embrouillées de la grammaire, les petits pièges des conjugaisons ? Bientôt il me montre ses courtes lettres d'affaires, pour le reste, les rapports chiffrés avec annotations télégraphiques, il n'a pas besoin de moi. Je crois que c'est ma convalescence, ma quarantaine d'isolement qui le décide. Son écriture est belle, de la beauté un peu trompeuse des écritures appliquées où l'on sent les subtiles habitudes de la plume à maquiller les hésitations. C'est cela que je vois, tout de suite. Alors, parce que je pense à mes absences, à mes cours qui vont recommencer, je ne me contente pas de corriger les fautes égarées, je glisse en douceur un petit conseil, un rappel simple, deux ou trois petits trucs indignes mais bien pratiques. Si j'osais... je lui proposerais de tout lui réapprendre bien en ordre, degré par degré. J'oublie les coups de martinet qui cinglent mes désobéissances, mes insolences et surtout mes résistances. Car il m'a instituée comptable de mes fautes. Je dois moi-même évaluer la gravité du mal que j'ai commis et la transcrire en nombre de coups, à partir de vingt, minimum qu'il juge indispensable. Je dois ôter ma robe et en combinaison de coton l'été, en combinaison de laine l'hiver, me tenir droite dans le couloir d'entrée, sans chercher à esquiver les coups en me rapprochant des vêtements pendus au vestiaire, là, bien au milieu ; et si je crie, c'est cinq coups de plus. Il compte les coups posément. Jamais il n'a dépassé cinquante. Avant même que je me rhabille, il me demande de venir l'embrasser. « C'est pour ton bien, ma fille, tu le comprendras plus tard. » Combien de fois suis-je allée à l'école en tirant très fort sur mes chaussettes pour dissimuler le plus haut possible, le reste étant caché sous ma robe, les traces rouge sombre, éclatées par endroits, les zébrures gonflées qui mettent bien huit jours à disparaître.

Au printemps de 1944, l'école pour moi ne recommence pas, du moins elle ne recommence pas vraiment. À cause des alertes de plus en plus fréquentes il a été décidé que les élèves ne viendraient plus que cinquante minutes par jour, juste le temps de recevoir l'énumération des devoirs à faire et de rendre compte rapidement et de façon tout à fait hasardeuse de ceux de la veille. Parfois, au cours de ces cinquante minutes une alerte survient et nous devons aller dans les caves de l'école et y demeurer jusqu'au sifflement de la sirène. Murs de béton gris sale sous l'éclairage parcimonieux, rien n'est perçu des bruits du dehors, les institutrices n'ont pas l'air inquiet, on peut parler, rire, chanter. Après mes trois mois de mise à l'écart, je revois avec plaisir les visages de Cécile Ducros, de Colette Crâné, de Sylvette Andréoli. On dit de moi que je suis grande comme un échalas et c'est vrai que je me sens toute bizarre dans mes vêtements trop courts. Comme la fièvre fait grandir ! Il me semble que je suis devenue quelqu'un d'autre mais en même temps je sens combien la guerre nous maintient sans projets. Depuis l'automne dernier nous devrions toutes, au moins celles qui ont réussi le D.E.P., être au lycée (mot dont le contenu me demeure tout à fait inconnu) et nous sommes là... dans notre belle école de brique durant cinquante minutes par jour ! Heureusement, afin de combler mes manques en calcul creusés par mon absence, je me rends trois après-midi par semaine chez Madame Rolland durant une heure et demie.

Madame Rolland est la directrice de l'école des filles et mon institutrice en même temps, elle est effroyablement sévère mais elle ne punit jamais à tort et j'ai entièrement mérité, depuis deux ans que je suis son élève, de me retrouver, chaque jour ou presque, privée de récréation à quatre heures, juste avant l'étude. Régulièrement j'avale mon goûter, debout devant une tablette réservée à cet usage dans un coin du préau, à conjuguer les seize temps d'un des plus difficiles verbes de la langue française : moudre, coudre, assaillir, bouillir, choir... Comment imaginer pouvoir passer une journée sans commettre une faute ? Cela est au-dessus de mes forces et je le reconnais volontiers. Je suis devenue imbattable en conjugaison, voilà tout ! Le seul point que je reproche à Madame Rolland, c'est qu'elle nous appelle par nos noms... Je ne supporte pas d'être appelée François, parce qu'il me semble n'être définie que par mon prénom, dont je ne connais pas encore l'origine mais que je sens issu de la forêt de Brocéliande et assez proche de celui de mes fées Mélusine et Morgane. Plus tard j'apprendrai que mon prénom est gaélique avec une certaine jubilation. Quant à sa signification qui vient tout droit du nom Zeus ou Jupiter : divinité, je m'en contenterai !

Madame Rolland habite dans l'école. Son mari instruit les garçons. Leur fille, Anne-Marie, traverse parfois notre classe pour dire un mot rapide à sa mère, puis repart d'un pas élastique en fermant la porte sans se retourner avec une grâce qui me fascine. Elle n'est jamais là quand je vais prendre mes cours de calcul. Je m'installe dans l'immense cuisine, très bien rangée, où flotte toujours une odeur d'huile mais légère, pas celle qui s'alourdit et devient nauséabonde dans les fritures. Je résous problème après problème pour bien appliquer et comprendre les règles d'arithmétique qui m'ont échappé et je découvre une autre Madame Rolland, familière, rieuse, mais à laquelle je n'ose demander de m'appeler Jocelyne. À travers une porte vitrée j'aperçois un divan dont la surface disparaît sous un grand nombre de coussins brodés.

Papa colle à nouveau des bandes de papier sur les vitres. Il bourre de lambeaux de journaux les fentes des persiennes. Quand la sirène retentit, maintenant on entend des ébranlements sourds. À la maison, on ne bouge pas pendant les alertes, on ne va se cacher nulle part. J'en profite souvent pour aller auprès de Madame Derlon qui, elle, bien sûr, ne songe pas à fuir. L'été approche. Il y a déjà des mois et des mois que mon jeune oncle, le petit René, vit à Magdebourg en travail obligatoire. Il nous envoie de longues lettres pleines de détails sur son travail dans une usine de munitions. Il décrit aussi les bombardements de Magdebourg et dit que, sûrement, il n'en sortira pas vivant. Maman pleure. Elle lui envoie souvent des colis dans lesquels elle place des boîtes de fer qui contiennent la meilleure part de certains plats exceptionnels que nous mangeons : un morceau de lapin avec des flageolets, du veau avec des carottes, de la poule avec du riz. Vite elle part en ville pour faire sertir la boîte et, quand elle revient, elle la stérilise durant un long moment. Mon oncle écrit que retrouver cette nourriture lui donne le mal du pays. Juste avant de partir pour l'Allemagne il s'est marié et il ne cesse de recommander à mes parents sa femme et l'enfant qui vient de naître. Ainsi la maison est pleine de mouvement, ma jeune tante vient s'installer chez nous et maman donne de son propre lait à la petite Christiane, supprimant à ma sœur qui a huit mois une part de ce qui lui revient, et je regarde les deux bébés, tantôt l'un, tantôt l'autre, boire ce lait qu'on ne peut, dit maman, remplacer par rien.

Le mariage du petit René a eu lieu l'été dernier chez mes grands-parents. Cet événement a interrompu mes vacances à Audun-le-Roman. Pour la première fois, j'avais quitté mes parents une partie de l'été et c'est sans doute à cause de cette absence que j'ai peu observé le ventre de maman. Audun-le-Roman pour tout le monde est un pays triste. Pas pour moi. Ce n'est que très tard, en le détaillant, que j'y ai vu des cités, grises celles-là et de forme un peu plus recherchée que les grandes niches de Dombasle-sur-Meurthe. C'est-à-dire qu'on a essayé d'y mettre des balcons et de casser un peu les angles, le résultat n'étant pas très différent. Mais Audun-le-Roman d'abord possède un nom très beau fait de dunes, de roman, et ensuite il s'inscrit sur un grand plateau, on sent qu'il a mordu sur les prairies et il est entouré de bois épais. Quand j'y suis venue pour la première fois, mon parrain Alfred, frère aîné de maman et ma tante Yolaine habitaient provisoirement un appartement de deux pièces dans une maisonnette dont la propriétaire, une veuve un peu ivrogne, occupait les deux autres pièces. Ils n'avaient rien trouvé d'autre pour se loger aussitôt après la nouvelle nomination de parrain dans les bureaux de la gare. Mais cette maisonnette se situait à l'extrême limite du bourg et il n'y avait rien entre elle et les prés. Si bien que mon cousin Pierre et moi, nous pouvions rester pieds nus toute la journée et ne rentrer que pour manger et dormir. Là-bas je me suis à jamais vengée de mes petites sorties de cinq minutes sur le trottoir de la rue de Prény pendant que maman astiquait la plaque de cuivre et la sonnette. Rien ne pouvait nous arriver sinon des foulures, des entorses, des coupures, des égratignures, des bosses, des déchirures, sinon l'ivresse de la liberté. Nous avions les grandes ondulations des prés, les déclivités que parfois un muret retenait, les remontées qui scient les mollets juste avant les multiples entrées, étroites ou solennelles, dans l'épaisseur du bois. Je ne connaissais que la douceur des vergers qui allient l'herbe et les arbres mais dans une mesure presque aussi prévisible que celle des jardins. Là, c'était la gloire de l'imprévu, de l'inutile, de la perte. Oui, nous pouvions, Pierre, les autres et moi, nous fondre dans un espace perdu pour les cultures. Jamais jusque-là je n'avais appartenu à une bande mobile, capricieuse, qui se défait et se reforme au gré des matinées ou des après-midi, selon les orages ou l'obligation de prêter main-forte aux grandes personnes pour un épluchage monstre de petits pois à faire rouler dans des bouteilles avec un entonnoir. C'est durant ces jours que j'ai commencé à bien connaître mon cousin Pierre, un peu plus jeune que moi, parce que notre grand-mère Léonie-Cécile n'était pas là pour capter mon attention. C'est à Audun-le-Roman, dans la ferme voisine où un garçon portait le nom d'Anicet, que j'ai pris dans mes bras très souvent et sans peur des jars sifflants, c'est à Audun-le-Roman que j'ai commencé à me dire que les princesses rencontraient des princes et que je suis sortie de l'indifférenciation absolue pour regarder Claude Pérignon dont les yeux étaient bleus sous ses cheveux noirs.

Et quand le mariage de mon oncle s'est précisé, quand j'ai regardé tante Yolaine me coudre une robe de coton rose parsemée de minuscules écureuils rouges, j'ai su que quelque chose d'important prenait fin, quelque chose qui reviendrait et que j'attendrais.

La dernière partie du voyage vers Rosières-aux-Salines devait se faire à bicyclette, mais une crevaison presque immédiate nous obligea, mon parrain et moi, à marcher durant un grand nombre de kilomètres. Il faisait chaud, c'était vers la fin de l'après-midi. Nous avons longé la Meurthe et surtout, plus tard, nous avons vu dans le soir la ferme-hameau de la Crayère, celle d'où venait la magnifique amazone du haras dont tout le monde parlait et qui gagnait chaque concours d'équitation, Mademoiselle Cournault.

Chez mes grands-parents on prononçait le nom de la Crayère avec respect et quand j'ai vu la solitude du lieu, vu lentement, au rythme des pas et sans bruit, comme si nous surprenions une vie bien fermée sur elle-même, j'ai senti qu'habitaient là des gens d'une autre espèce, j'ai pensé que les pièces cachées par les murs austères devaient être très belles et que mes grands-parents et nous, nous étions des pauvres. Je me suis dit que tout à l'heure, quand nous arriverions rue du Haras, je trouverais la table mise et que, comme d'habitude, subrepticement, je changerais ma cuiller et ma fourchette en fer contre une des deux cuillers et une des deux fourchettes en aluminium léger, sauf si le hasard me les avait attribuées, parce que je ne supportais pas de manger avec des couverts en fer, à cause de l'odeur. À la Crayère, sûrement, on possédait des couverts d'argent ou de vermeil, je n'imaginais pas Mademoiselle Cournault telle que je la voyais, assise sur son cheval avec sa longue jupe noire, son corsage ajusté et son chapeau rond, mangeant avec une fourchette en fer.

C'est le matin. Je suis dans le tramway n° 9 jusqu'à une station lointaine. Là, dans une boulangerie, on me remettra des tickets de pain. Le pain en ce moment est un grand problème. Il faut attendre plus d'une heure pour en obtenir et comme il est fait de maïs très serré, il est mal cuit et devient dur comme du bois en quelques heures. S'il en reste, il moisit au milieu. Quelque chose autour de moi ce matin me paraît changé, les gens se parlent les uns aux autres d'une manière agitée, fébrile. J'entends : « Ils ont débarqué ce matin, près d'Avranches. » Tout de suite je comprends car le mot « débarquement » appartient à la famille de ceux qu'on ne prononce qu'à l'intérieur de la maison. Je n'ai jamais vu la mer, je n'ai aucune idée de ce que sont ces blockhaus isolés dans les dunes, enterrés dans le sable, lugubres, mais ce que je sais c'est que tout le monde attend un salut qui viendra de l'extérieur par la mer et ce salut commence aujourd'hui, 6 juin 1944. Ce qui en apparence est immobile, la présence des Allemands dans nos rues, au Consulat tout proche, va bouger. Je m'acquitte de ma mission sans flâner dans la ville et je monte en courant la rue de Buthegnémont, mes parents savent, maman dit que nous allons tous être massacrés.

Papa descend des matelas à la cave. Il les place dans un coin particulièrement effrayant, profond, où ne parvient guère la lumière de l'ampoule, mais il m'explique que notre maison n'étant pas enterrée du côté de la rue, il vaut mieux s'abriter sous la montée de l'escalier comme sous un arc-boutant. Si une bombe ou un obus la détruit, dit-il, on nous retrouvera plus facilement. Ces préparatifs ne présagent rien de bon. Il y a plus d'un mois que le débarquement a eu lieu et les nouvelles sont mauvaises. On annonce des villes prises et reprises plusieurs fois, beaucoup d'hommes meurent. La nuit, les avions passent en escadrilles serrées, ils volent haut vers l'Allemagne. Leurs pilotes parlent entre eux dans les carlingues et je me demande comment la terre, si noire en dessous, toute lumière éteinte, leur apparaît. Comme un grand vide ? Même si les bombardiers ne sont pas pour nous, j'ai mal partout. Dans une heure, une heure et demie, les trappes sous le ventre des avions s'ouvriront — je l'ai vu aux actualités — et en quelques secondes ce seront les écroulements, le sang, la fumée, le souffle qui fait éclater les corps. Les avions, déchargés, repasseront un peu plus tard. Je pense au petit René dans son usine de Magdebourg, pas seulement à lui mais aux gens comme nous qui n'ont rien à dire dans les guerres.

Il semble maintenant que les journées entières se passent à prendre des précautions ou à parler avec les voisins, côté jardins, de l'avance des Alliés. Plus que jamais on baisse le poste de radio parce que, dit-on, les Allemands, furieux, sont prêts à arrêter n'importe qui. On ne laisse rien traîner qui puisse faire penser que l'on s'intéresse aux combats de Normandie.

Un jour de grand soleil, à Rosières-aux-Salines, je marche derrière grand-mère qui dévale la pente du pré. Du ciel tombent des filaments argentés. En approchant du sol ils émettent un léger bruit mat de métal. Je regarde intensément et je vois enfin des avions très haut sur le bleu presque blanc. L'herbe autour de nous se couvre de serpentins courts que je touche avec précaution. Je suis alors vraiment une petite fille d'un temps reculé, qui ne sait comment interpréter les phénomènes naturels. Et grand-mère ne sait pas non plus, elle se retrouve sans aucune expérience, au ras du sol. Ainsi j'apprends que l'âge n'est rien.

Chaque nuit nous dormons dans la cave. Seulement trois cents kilomètres nous séparent de Paris libéré. Les Allemands se regroupent dans la profonde forêt de Haye qui s'étend à l'ouest d'où vient le vent de la pluie. C'est cette forêt qui est pilonnée par les bombes, la terre tremble jusque sous la maison, les obus sifflent et papa dit que si on entend le sifflement, c'est que l'obus ne nous atteindra pas. Je trouve un livre, une espèce de roman d'espionnage très bête, *La Dactylo ambassadrice*, et je le lis à Madame Derlon à voix plus haute que d'habitude pour qu'elle pense moins aux bombes. L'eau ne coule plus aux robinets des maisons et les carmélites qui possèdent une source ouvrent leurs grilles :

nous allons pomper dans une vaste buanderie l'eau qu'elles nous offrent, la sœur tourière nous sourit sous son bonnet brun qui ne ressemble pas du tout au voile de sainte Thérèse de l'Enfant Jésus et nous rentrons lourdement chargés de cette eau qui clapote entre les parois de la lessiveuse.

Maintenant c'est dans les caves de l'école maternelle que, chaque soir, nous partons dormir. Par familles entières nous nous retrouvons à la lumière des lampes à carbure et nous nous installons avec nos couvertures légères dans les lits de bois superposés. Odeur dérangeante du carbure, on dirait de l'ail écrasé puis brûlé. La présence des autres me rassure, il me semble que, si nombreux, on peut moins mourir. On parle tard dans la nuit, ma voisine Andrée, une grande de quinze ans, me dit : « Sais-tu comment on a des enfants ? — Non. — Ce n'est pas difficile, l'homme enfonce sa carotte dans le ventre de la femme. »

Cette révélation stupéfiante ne me laisse rien imaginer car je ne comprends pas de quoi elle parle mais elle me bouleverse par son inexplicable vulgarité. Le lendemain, revenue à la maison, avant même de boire mon lait, je rapporte à papa les paroles exactes de la fille. Je suis hors de moi d'indignation et si proche des larmes en même temps. Papa me prend sur ses genoux et là, dans la cuisine, près de maman qui change les langes de ma petite sœur, il me raconte avec des mots très simples ce qui ne m'a jamais troublée jusque-là et j'apprends que je suis profonde et que bientôt chaque mois je perdrai du sang et que ce sang plus tard... J'apprends le mot « sexe » et que le sexe d'un homme est calculé tout juste pour entrer en moi, dans cette profondeur que j'ai. Tout s'apaise. J'embrasse papa et je vais au jardin. À nouveau la guerre s'éloigne.

On dit que la cathédrale de Toul et l'église Saint-Gengoult sont en partie détruites. Que deviennent tante Jeanne et oncle Adrien dans leur petite maison juste au bord de la route ? Aucune nouvelle ne circule. On attend. Je colore en bleu des rectangles de papier assez allongés, d'autres en rouge, je laisse les blancs. Quand j'en ai une grande quantité devant moi, je les prends dans l'ordre bleu, blanc, rouge et je colle le premier sur lui-même tout en emprisonnant dans sa boucle le second, exactement comme on soude des maillons d'une chaîne. La guirlande s'allonge rapidement. Quand elle mesure une quinzaine de mètres, je l'étends dans l'escalier, bien sur le côté, pour laisser sécher la colle. On sonne. Je vais ouvrir la porte et je me trouve face à un soldat allemand. Il demande s'il peut avoir accès au balcon de la chambre de mes parents pour retirer le câble du téléphone. Je le précède et nous nous trouvons tous les deux au bas de l'escalier qu'il faut gravir pour atteindre la chambre. Mes parents, dans l'intervalle, sont arrivés. Tant pis, je commence à monter. L'Allemand me dit : « Qu'est-ce que

la guirlande bleue-blanche-rouge vue par l'Allemand

c'est ? — Une guirlande pour décorer la maison le jour de la Libération. » Je le regarde bien droit, il me regarde bien droit, c'est tout. Il prend le câble, il redescend et me tapote la joue. « Au revoir, mon petit. » Quand je retrouve mes parents, ils sont plus pâles que des morts. « Tu pouvais nous faire tuer tous, tu es folle ! » Moi je sais que j'ai eu raison d'agir ainsi. Je l'ai vu dans les yeux de cet homme, il attendait cette réponse, exactement celle-là. Je commence à me sentir sûre que toute situation embarrassante peut devenir simple, peut changer de nature, si l'on dit la vérité.

Les chars des Alliés descendent lentement l'avenue qui unit la route de Paris au centre de la ville. Nous sommes reliés à cette avenue par la rue de Buthegnémont. Aussi tous les gens du quartier se retrouvent-ils dans cette rue qui se met à ressembler à une rivière se jetant dans un fleuve. On pleure, on rit, on s'embrasse. Aujourd'hui, 15 septembre 1944. Les cloches sonnent, les sirènes avec les mêmes sons effacent les alertes. Les Allemands sont partis prudemment, il n'y aura aucun combat dans la ville. J'ai accroché ma guirlande au balcon, j'en ai confectionné une autre pour la grille. Ce dénouement en douceur, contraire à toute prévision, engendre un soulagement presque incrédule. On ne sait plus comment se comporter, ce qui va changer, ce qui va demeurer semblable. La guerre n'est pas finie et en même temps elle est finie. On mange la même nourriture faite de peu, le même pain de maïs serré et humide au milieu, mais on sait que tout ce qui avait disparu va revenir.

Tout mais pas tous. C'est pourquoi dès le lendemain du 15 septembre on coupe tant de cheveux dans les rues, on prononce tout haut tant de noms, et moi qui ne sais presque rien de ce qui s'est tramé dans la pénombre, je regarde les grandes maisons fermées, celles où précisément des fenêtres restaient éclairées tard en 1942 ou en 1943 pendant que de longues voitures stationnaient devant leurs grilles, et notre quartier m'apparaît tout autre, ses jardins, son tennis bordé de haies derrière lesquelles je m'attardais en revenant de chez Céleste, l'épicière, car c'était si prenant ce mouvement de la balle, ce silence, ces petits coups qui sonnent creux, ces femmes, ces hommes toujours beaux, grands, bien habillés ! L'aisance qu'ils avaient. Je me disais seulement qu'ils étaient d'un autre monde que le mien mais jamais je n'aurais imaginé que ce luxe dont ils disposaient en pleine guerre était le fruit de terribles trocs.

Maintenant l'hiver recouvre tout. On sait par la radio que des villes situées plus au nord et plus à l'est sont prises et reprises avec acharnement car les Allemands n'ont quitté précipitamment Nancy que pour se concentrer plus loin. Ce qui aurait pu nous arriver advient à d'autres et il n'est question que de monceaux de ruines et de combats corps à corps. Papa qui a pu se procurer une voiture pour son travail nous emmène dans la banlieue de Metz et dans les petites villes avoisinantes et nous voyons ce que font les bombes sur la terre. Jamais je ne l'oublierai.

La vie est variée à la maison. Des amis de mes parents viennent nous voir et je ne suis pas tenue à l'écart de ces visites. Au contraire, j'aide maman en toutes sortes de tâches qui vont du ménage, de l'époussetage des meubles à l'épluchage des légumes ou à la confection de tartes aux fruits. Ces choses de la maison ne me rebutent pas, bien que j'établisse entre elles des hiérarchies. Si maman voulait bien me donner des consignes d'une voix douce, je lui rendrais tous ces services avec délice. Mais maman garde sa tendresse apparente pour Pierre et pour Anne-Marie. Moi je l'excède, je la fatigue, je la « saoule », dit-elle souvent. Tout ce qui est non malléable en moi l'effraie et depuis longtemps déjà elle me menace du Petit Arbois. C'est un pensionnat de filles réputé pour sa sévérité et dont je n'ai aperçu que le portail peu engageant. Maman me parle avec une voix qui me fait souvent mal et les petites plaies en moi ont à peine le temps de se refermer que d'autres me surprennent. Je traîne ainsi d'un jour à l'autre un chagrin plus ou moins profond, plus ou moins lourd, dont je ne me délivre qu'en lisant ou en jouant du piano. Ces moments sont toujours des moments parfaits, ils sont ces îles de la lecture, le piano

solitude où je reprends des forces, où j'échappe à ce qui m'oppresse. Il ne me manque rien et pourtant il me manque l'essentiel, un état auquel je ne donne aucun nom, qui se manifeste en moi par une réserve blanche. Constamment j'en suis consciente et les distractions constituées par la venue d'amis ou de familiers ne m'en détournent pas. Cela me met à l'abri de toute timidité. Retranchée dans mon propre monde invisible, je regarde avec passion et dans mon désir de ne rien perdre du contact et de la vie des autres, je suis d'autant plus présente. Ce que j'apprends par eux est inappréciable parce que la configuration de la maison où il n'existe pas de salon pour s'isoler et ma grande taille, trompeuse sur mon âge réel, font que probablement rien ne m'est caché, et comme chaque vie contient de l'exaltant, du banal et du sordide, tout cela mêlé je l'entends. On m'oublie parce que je vais à la cuisine passer du café à louches patientes, surveiller la cuisson d'une tarte ou laver des couverts qui manquent, mais je suis là et je ne perds pas le fil. C'est ainsi que me devient très clair l'ensemble des jugements mais aussi des phobies, des préjugés, des envies du monde qui m'entoure. Le « Il faut » de ma grand-mère ou de mon grand-père n'est pas de la même nature que le « Il faut » de mes parents. Entre les deux il y a la migration en ville, la volonté de rompre avec la campagne, son obscurité, sa pauvreté, ou avec le monde des cités, sa médiocrité privée d'espoir. Je le sens à toutes

sortes de détails, à toutes sortes de petits discours aussi dont papa est friand et dont il commence à m'abreuver, me jugeant assez grande pour être à moi seule un auditoire.

Je ne peux ignorer non plus la fascination exercée sur mes parents par la famille Briard. C'est à cause des lys, l'été dernier, que je m'en suis aperçue. Maman ne coupe jamais les lys pour en faire des bouquets parce que ce sont des fleurs qui durent très longtemps dehors, mais pour Madame Briard qui les aime tellement, elle les a tous coupés, juste quand ils venaient de s'ouvrir et que pas un seul grain de leur pollen jaune n'était tombé sur leurs pétales blancs. Je suis chargée de porter la brassée de lys et Madame Briard me reçoit dans son salon avec des exclamations qui apprécient le sacrifice à sa juste valeur tout en le trouvant naturel. Elle est grande, elle a cet air inimitable que je ne sais pas identifier, que je reconnaîtrai infailliblement plus tard et qui, par simple différence, transforme en femmes de ménage toutes les femmes que je connais autour de nous et maman en premier lieu. Dans la pénombre de l'été, avec ses cheveux blond roux relevés en chignon souple, avec ses mains couvertes de bagues et son air de ne jamais toucher aux choses, elle déclenche en moi un réflexe aussi violent qu'un haut-le-corps. Mimant l'extase, elle dispose les lys dans un vase de cristal et moi je pense à leur tenue hautaine dans le jardin, à leur parfum dépendant du vent, au déroulement de leur gloire dont toutes les phases sont belles puisque, même fanés, ils se débarrassent très élégamment de leurs pétales séchés et développent leur pistil à vue d'œil ; au lieu de quoi ils vont embaumer le salon de Madame Briard jusqu'à lui donner la migraine, mourir en quelques jours et, interrompus dans leur transformation, aboutir dans la poubelle. Ce que je ressens est si fort qu'il m'est impossible de faire un peu la conversation et, prétextant n'importe quoi, je dis au revoir et dégringole l'escalier.

À présent le sens de ce cadeau me paraît plus clair. Les Briard nous invitent parfois et parfois viennent à la maison. Monsieur Briard est inspecteur à La Séquanaise alors que papa n'est que contrôleur et doit, en conséquence, lui rendre compte de son travail. Cela implique le respect et, de la part de Monsieur Briard, la condescendance. Je n'aime pas la façon dont il tape sur l'épaule de mon père. Monique, Christiane et Nicole Briard, extrêmement belles, ne se ressemblent pas et, quand nos parents se rencontrent, nous ne jouons jamais ensemble. L'école est pour nous comme en suspens bien que les cours aient repris presque régulièrement, mais l'an prochain tout sera rentré dans l'ordre, disent les parents, et les choses sérieuses vont commencer. Monique et Christiane Briard seront pensionnaires à Notre-Dame à Mattaincourt, dans les Vosges. Cela est dit plusieurs fois, et c'est ainsi que dans l'esprit de mes parents, Le Petit Arbois, cette épée suspendue au-dessus de ma tête récalcitrante, s'efface devant l'idée de Mattaincourt. Alors que le conservatoire m'enchante, que l'école primaire est un plaisir, ils décident que je n'irai pas dans un lycée, et cela pour des raisons si obscures au centre desquelles le mot éducation revient souvent, que je ne les saisis pas entièrement. Ce que je crois sentir, c'est qu'il faut imiter les Briard qui, eux, font de bons choix, si l'on veut occuper une place honorable dans la société, c'est-à-dire dans le quartier de Buthegnémont. Le lycée pour mes parents comme pour moi est un monde inconnu. Que fait-on dans un lycée ? Personne chez nous n'en a la moindre idée et Madame Rolland, en classe, ne nous a jamais éclairées là-dessus. Pas d'avenir flou pour Madame Rolland mais le présent aussi parfait que possible, scolairement, jour après jour. Moi, la plus souvent punie de la classe, je suis confondue d'admiration envers ce bloc d'exigence totale. Peu d'entre nous iront au lycée, est-ce pour cela qu'elle n'en parle pas ? Je sais seulement qu'on y apprend l'allemand ou l'anglais, le grec, le latin et, mon amie Mireille Absalon me l'a dit, qu'une rédaction se nomme une composition française. Il m'arrive de penser : je serai médecin plus tard, et j'aime beaucoup le mot doctoresse.

Ma vie va donc changer et d'une façon que je sens inimaginable. C'est un trouble délicieux qui m'occupe entièrement lorsque je marche vers la maison de Mademoiselle Draber ou lors de mes retours buissonniers après les cours du conservatoire. C'est comme si tout devenait plus dense autour de moi. L'épaisseur des bois d'Audun-le-Roman retrouvée à Pâques, la découverte des ronds d'anémones sauvages au hasard des coins plus ensoleillés, deviennent des trésors que je garde. Je reviendrai ici, dans ce lieu visité du vent, dans cette maison qu'habitent désormais parrain et tante Yolaine, avec ses stères de bois dans la cour, son plantureux potager, le verger qui lui fait suite. Les prairies, les bois s'en trouvent plus éloignés mais on peut y courir. Les cloches libres de Pâques sonnent pour moi comme nulle part ailleurs au clocher de la fausse église gothique curieusement isolée sur la place nue vers laquelle convergent les rues, et mon ami Claude Pérignon a des yeux de plus en plus bleus sous ses cheveux noirs. Temps de Pâques, juste entre hiver et printemps, capricieux et tendre. Quelque chose d'incisif entre en moi, qui me place au cœur des choses réelles et en même temps à une très grande distance d'elles, si bien qu'il me semble les voir autrement, en garder leur goût, leur fraîcheur, et surtout l'espèce de réaction acide et douce qu'elles ont à mon contact.

C'est le temps aussi où les barbelés sont franchis par les Alliés entre les miradors abandonnés. De la rue du Haras, c'était donc là qu'on aboutissait? Si proches, si vivants sont les yeux et le sourire de mon amie du conservatoire... Ce matin-là, rue des Ponts, on emmenait les Juifs pour ces lieux-là, complètement irréels, où la pourriture se dilue dans les flaques d'eau ? Monsieur Absalon, déporté pour résistance vers une destination inconnue, est-il dans un de ces camps ? Aux actualités, des images terribles apparaissent. J'apprends le mot « charnier ».

Le 20 mai 1945, habillée d'une longue robe blanche, celle qui a servi il y a deux ans à Mireille Absalon, je fais ma communion solennelle. L'église Saint-Mansuy, toujours sombre malgré l'illumination des grands jours, abrite la première cérémonie depuis la fin de la guerre. Elle est comble de familles qui ont réussi à s'habiller et à se chapeauter lorsque nous entrons en deux longues files, nous, les communiants. Je suis l'avant-dernière des filles, et me sentir grande m'est tout à fait agréable ainsi que d'avancer drapée dans ce voile d'organdi bien amidonné qui m'isole en transparence des deux côtés de la nef. Tout cela ressemble à mes errances dans le cimetière de Préville, aux songeries qui leur sont associées, mais cette fois je *suis* un de mes personnages. Entre une communiante et une princesse, il n'y a guère de différence pour la foule qui regarde. Pourtant les paroles de l'acte d'adoration, leur absolu, ne m'échappent pas : « Mon Dieu, prosternée humblement devant Vous, je reconnais que Vous êtes mon Créateur et mon souverain Seigneur. C'est de Vous que je tiens tout ce que je suis, tout ce que j'ai. Je me donne à Vous sans réserve et je Vous serai toute ma vie entièrement soumise », alors que la mièvrerie des cantiques me gêne et que je les chante du bout des lèvres sans émettre de vrais sons.

Dans cette cérémonie il y a Dieu, « nos chers parents » vers lesquels nous nous tournons afin de leur demander pardon de nos fautes, et l'Église qui nous exhorte à un engagement pour devenir « le levain dans la pâte du monde ». Malgré les trois jours passés « en retraite » avec mes camarades, cette notion d'engagement n'est guère plus claire. Mis à part quelques bonnes actions qui s'imposent d'elles-mêmes, l'idée d'une cause m'est plutôt étrangère et à vrai dire je me sens déjà partie ailleurs, un ailleurs où je verrai bien, à mesure, ce qu'il faut faire. Aujourd'hui c'est seulement une fête. Papa a pu acheter un veau entier à la campagne, exactement comme le veau gras de l'Évangile, et nombreux sont ceux, de la famille et des amis, qui sont venus là, autour de moi. Je ne comprends pas comment on peut passer d'un ordinaire encore restreint à un tel repas, et tout le monde semble très content. Dans mes cadeaux, je trouve *Graziella* et mon premier stylo. L'après-midi, à l'office des vêpres, je prie ardemment pour que revienne le père de Mireille car j'ai vu pleurer Madame Absalon à la sortie de la messe.

L'église de Saint-Mansuy, très en surplomb au-dessus de l'avenue de la Libération (c'est ainsi que se nomme désormais la route de Toul), est flanquée d'une sorte de parc dont les allées aboutissent à une grotte qui imite celle de Lourdes. Le curé de la paroisse en est fier et il y organise de nombreux pèlerinages. La messe d'actions de grâces du lundi matin, lendemain du jour que l'on dit, à mon réel étonnement, être le plus beau de la vie, a lieu dans la profondeur tapissée d'*ex-voto* de cette grotte. C'est à la fin de cette messe, lorsque nous descendons la grande courbe de l'allée la plus large, qu'un télégramme est apporté à Madame Absalon. « Henri Absalon, libéré du camp de Neuengamme, actuellement hôpital Suède, remise en état pour regagner la France. » C'est une nouvelle considérable, inattendue autant qu'espérée, et l'émotion qui nous empoigne a la gravité des moments les plus intenses de la guerre. Car l'état d'avant n'est plus qu'un souvenir, là je le sens bien. Depuis des années maintenant on ne se réveille plus le matin sans la pensée de ce à quoi on ne peut pas s'habituer, et même si la guerre est finie, tant de gens ont disparu, tant de recherches n'aboutissent à rien que personne n'est réellement gai. Le petit René ne donne pas de nouvelles et mes grands-parents s'assombrissent. Pour Pierre Marquis, mon cousin, on sait maintenant. Il est mort, tout à fait au début, en 1940, carbonisé dans un train qui a brûlé sur le pont de Kehl. Comment ne pas me rappeler mon rêve ? Ce corps gardant sa forme, ce corps étendu dans notre jardin et qui tombait en cendres dès que je le touchais ? Les rêves demeurent, plus présents parfois que les sensations vraies.

Le jour de la confirmation, l'évêque, déconcerté par mon prénom, hésite, me nomme Josépha puis Maria. Cela m'humilie, il ne s'agit jamais de moi complètement, comme à l'école et comme sur cette photographie officielle de la communion solennelle que maman pose sur le piano. Comment me reconnaître dans ce visage compassé, aux yeux dont Monsieur Sherbeck a commandé l'expression en fixant d'autorité des points à regarder ? Je ne retrouve que les grecques du bonnet d'organdi coiffant des anglaises symétriquement réparties. Les grecques, c'est toujours joli. Dès qu'on prend un crayon, on a envie d'en dessiner.

La classe est bien près de se terminer. Ma belle école de brique aux larges baies, aux escaliers clairs. Toute sa lumière paisible vient d'une sorte de blanc nuancé de bleu, le même pour toutes les salles, les couloirs, le préau des jeux. On a arrondi les angles entre les murs et les plafonds. J'écoute Madame Rolland, je sens tout ce qu'elle m'a appris, et même sa sévérité je l'aime. Je ne redoute pas ce qui suivra parce que j'ai envie de longues années d'études qui font devant moi comme une épaisseur délectable ; et cette collecte auprès de mes camarades afin d'offrir à Madame Rolland un coussin brodé, je la fais un peu rêveusement et pourtant le cœur léger. Je me sens apte à m'éloigner des choses finies.

C'est le jour de mes douze ans. Papa et moi roulons en voiture à travers la campagne lorraine et bientôt dans la vallée de la Meuse. C'est une promenade magnifique bien que pour mon père il s'agisse d'une journée de travail semblable aux autres. Nous traversons des petites villes et il s'arrête plusieurs fois, me laissant seule avec un livre. J'aime beaucoup ce voyage où nous pouvons parler tous les deux d'une façon différente, presque comme si nous étions deux amis. Nous déjeunons dans un restaurant de Saint-Mihiel et ce que nous mangeons me paraît exquis. Le temps est beau, accordé aux prairies, aux petites routes. Ce soir nous dormirons à Audun-le-Roman où je pourrai peut-être demeurer quelques jours. C'est en faisant pipi sur la courte pente d'un talus que je tache l'herbe de rouge. Je regarde ce rouge sur ce vert et je suis extraordinairement contente. Je demande à papa son mouchoir afin de l'ajouter au mien et j'improvise les gestes appelés à être refaits tant de fois et qui, mystérieusement, me relient à quelque chose que j'ignore mais dont je pressens tout. Quand nous arrivons à Audun-le-Roman, c'est le début du crépuscule, le moment où l'on croise ceux qui vont chercher le lait à la ferme avec leurs bidons vides. C'est une pointe de fraîcheur dans l'air. À tante Yolaine, en l'embrassant, je dis tout de suite que j'ai mes règles et elle me donne de l'eau et une serviette. Avant la nuit je sors dans l'espoir de rencontrer Claude Pérignon. Je le vois, nous nous embrassons tendrement. « Tu sais, depuis aujourd'hui, je suis une femme, je peux avoir un enfant ! » Il me regarde avec admiration et je pense vraiment qu'une telle nouvelle est digne d'admiration. Ce que disent ses yeux bleus, je le prends comme le premier hommage de ma vie. J'apprends, sans qu'il soit prononcé, le mot « hommage ».

Cette année, malgré la lourde chaleur d'août, la récolte des mirabelles est légère. Le petit René a sonné à notre grille un soir de juillet, juste au moment où je lavais la vaisselle pendant que mes parents prenaient le frais au jardin en bavardant avec les voisins par-dessus la clôture de grillage. Chaque fois c'est pour moi un crève-cœur, non pas à cause de la vaisselle ou de la table à desservir, mais parce que, dès que j'ai fini de tout remettre en ordre et que je sors à mon tour dans la cour avec l'espoir de me perdre au fond du jardin dans les odeurs de verdure, maman dit qu'il est tard et qu'il faut aller au lit. J'ai beau me dépêcher, c'est toujours pareil, sauf certains soirs, où la conversation plus animée fait que je passe inaperçue. À ce coup de sonnette je suis allée ouvrir et j'ai vu un homme vieilli, aux yeux cernés de poussière, qui m'a prise dans ses bras et s'est mis à pleurer. À la place du message que l'on attendait, c'est lui qui était là, exténué, dans le couloir dont le sol de mosaïque cirée reflétait la lumière de la cuisine.

Entre les deux images de mon oncle, presque trois ans avaient passé et seuls les yeux des deux images coïncidaient. Les bombardements de Magdebourg n'avaient pas éteint la malice mouillée d'émotion de son regard. J'ai couru dire la nouvelle et la force de ce que j'avais éprouvé s'est diluée dans un sentiment général d'étonnement et de réjouissance. Rendu à sa sœur, rendu à sa famille, le petit René se lavait, buvait, mangeait. Il espérait trouver ici sa femme mais elle était repartie depuis longtemps déjà avec son enfant vivre auprès de mes grands-parents ou, de temps en temps, dans un appartement très pauvre qu'elle aménageait pour essayer de s'y plaire, mais en vain. Maman m'avait fait broder pour elle, au point de tige, un cache-torchons : cerises et feuilles de cerisier au coton perlé rouge sur tissu blanc. Cet exercice, malgré mon envie de faire plaisir, m'avait désespérée parce que je détestais coudre. J'avais toujours échappé aux séances de couture à l'école grâce à ma désignation constante de lectrice. Pendant que les autres apprenaient les coutures rabattues, les coutures anglaises ou les surjets, je lisais *Les Enfants du capitaine Grant* ou *Le Tour du monde en quatre-vingts jours* (peut-être à cause de mon expérience acquise au chevet de Madame Derlon ?). Je lisais bien haut dans la classe toute claire, et puisque je savais masquer avec des fils entrecroisés le trou d'une chaussette, j'avais la conscience en paix.

Je regarde mon oncle René qui secoue le

mirabellier branche après branche avec un long manche de bois surmonté d'un crochet. Il reçoit une grêle de fruits qui rebondissent sur son dos. Il tourne autour de l'arbre. Il est heureux. Nous attendons que l'herbe soit couverte de mirabelles et grand-père dit qu'à vingt ans il était cantonnier, par tous les temps il emportait son kilo de pain, et sa soupe il la réchauffait au bord des chemins sur un feu qui était son seul repos. Casser des pierres, empierrer et, vers la mi-journée, chercher du bois, allumer un petit feu et poser dessus la gamelle de fer. Couper le pain par tranches comme il sait si bien le faire et tremper tranquillement, progressivement, toute la miche. Je l'écoute. Il dit aussi qu'en ce temps-là il était fiancé avec une jeune fille, qu'il avait même acheté son costume de marié et qu'un soir, au théâtre (lors d'un gala de bienfaisance de la cristallerie ?), il a vu Léonie-Cécile Marquis de profil. Il ignorait tout d'elle mais il l'a rencontrée et il a rompu ses fiançailles. Je regarde ma grand-mère, elle rit, elle baisse la tête. Est-ce le repas froid de midi qui a rappelé à grand-père sa gamelle de cantonnier ? Je pense que durant des années encore j'aurai des grandes vacances et que les récoltes, les ramassages tout au long du jour, je les vivrai. Ce que je perdrai ce sont les vergers en hiver et au printemps, mais Mattaincourt est en pleine campagne et je verrai d'autres arbres.

Justement, une lettre est arrivée de Mattaincourt. Elle dit « Nous attendons Jocelyne le

5 octobre. » Elle est signée « Mère Marie-Paule » et elle est accompagnée de la liste du trousseau qui me sera nécessaire. Je crois rêver. Voilà enfin le lieu où l'on m'appelle par mon nom... mais personne ne peut deviner à quel point ce détail a d'importance pour moi, à quel point je suis heureuse de lire cette petite phrase.

Le trousseau préoccupe beaucoup maman parce que presque tout manque encore. Avec quoi confectionner ce qui sera la première robe de chambre de ma vie ? Où se procurer des bottes de caoutchouc ? Madame Grosselin coud pour moi deux blouses de classe en tissu à carreaux et ma tâche consiste à fixer sur chaque pièce de vêtement mon numéro de pensionnaire. C'est en exécutant ce travail fastidieux que je commence à imaginer les particularités de la vie en commun. Mais cela demeure très vague, profondément lié à un espace dont je ne sais rien encore et qui conditionne tout. Si ce lieu me plaît, si ses odeurs m'émeuvent, si le dehors est beau, je me sentirai bien. Même si, pour aller vivre à Mattaincourt, je dois quitter le conservatoire et mes chères leçons de piano chez Mademoiselle Draber. Même si j'abandonne mon piano durant de longues semaines. Bien sûr je suivrai des leçons là-bas mais le coin de la salle à manger dont moi seule peux faire usage, le coin de musique élémentaire où je savoure des joies disproportionnées à ma virtuosité réelle, cet accès à la solitude, tout cela me manquera. Mon père, ma mère, mon frère, ma sœur ? Eux ne me manqueront pas, de cela je suis sûre, très sûre, sans pouvoir m'expliquer pourquoi.

Maintenant toutes les lampes sont éteintes. Seule demeure allumée celle du box de la surveillante dont les gestes font des ombres chinoises, étirées en masses obliques, sur le rideau blanc. Je ne saurai jamais la fin de l'histoire que quelqu'un nous a lue en attendant l'heure du dîner, puisque demain les cours commencent. La cloche a sonné, le livre a été refermé et j'ai bien compris qu'il n'en serait plus jamais question. Tant pis. Je n'ai pu évaluer vraiment la grandeur, le volume du pensionnat. Il semble énorme en haut du raidillon qui le sépare du village mais dès qu'on s'en approche, les hauts murs le dissimulent et l'on est réduit, une fois secouée la clochette d'entrée, à le voir seulement à travers le judas qui s'ouvre. Puis on ne voit plus rien parce qu'un visage cerné par le tuyautage d'un bonnet apparaît et masque le petit carré de visibilité. Cette façon méfiante d'accueillir autrui me déplaît autant que le bonnet tuyauté. Or le visage sourit, le portail s'ouvre à deux battants et nous entrons, moi à pied, mes parents en voiture puisqu'il faut approcher d'une porte la malle contenant mes affaires. Rien n'est plus faux que ce que donne à voir un Judas. Derrière le rempart, l'espace est très clair car le gravier est grège, les murs de l'immense bâtisse entre le gris et l'ocre pâles alors que les volets des si nombreuses fenêtres ont été peints en blanc. Des élèves vont et viennent, des parents parlent par petits groupes et des religieuses voilées de noir et heureusement sans cet affreux bonnet semblent veiller à ce que tout se passe bien. On entre dans une espèce de silence animé, pas vraiment troublé par les voix. J'ai le sentiment de pénétrer dans un monde tout autre et mon cœur bat très vite en même temps que mes yeux essaient de prendre ce qui est à prendre dans cet espace paisible, large et marqué d'autres signes.

Une religieuse s'approche. Bruit de chapelet étouffé par les plis de la robe. Il n'y a pas que du noir dans son costume, le blanc entoure le visage, couvre la poitrine, le noir définit la silhouette vue de dos mais porte le blanc si elle se retourne vers vous. Il me faudra toute la soirée pour observer avec précision les détails de cette vêture car je ne peux qu'écouter une voix qui salue mes parents et me dit : « Je suis Mère Marie de l'Incarnation. » La religieuse me regarde droit dans les yeux, m'embrasse sur le front et moi, comme si j'étais unique, je réponds : « Je suis Jocelyne. — Mais vous êtes plusieurs Jocelyne ! Laquelle êtes-vous ? » C'est ainsi que je découvre qu'ici on nous vouvoiera. Je ne l'avais pas imaginé.

Il fait noir à présent dans le dortoir mais je n'ai pas sommeil. Des études secondaires, ça dure sept ans, je vais donc vivre ici jusqu'en 1952 et, puisque les examens ont lieu en juin, jusqu'à l'été. Déjà l'internat commençant déclenche ce phénomène du comptage que je verrai pratiquer intensément autour de moi, auquel je me laisserai aller parfois au début mais que j'abandonnerai. Je sentirai que le temps compté à l'avance n'est que du temps abstrait, vide, sans saveur, que les calendriers aux jours barrés de différentes couleurs, annotés de croix ou de remarques qui circulent dans les salles d'étude sont de petits objets dérisoires en marge du temps réel. Dans le noir du dortoir l'idée ne me vient pas que le cours des événements pourrait être interrompu, je suis ici avec un sérieux total, comme celui de l'enfant de sept ans appelé à l'initiation qui s'enfonce seul dans la forêt. C'est pourquoi les adieux à mes parents ont été brefs, déjà j'étais tournée vers le dedans alors qu'ils restaient irrémédiablement dehors. Je ne pèserai que peu à peu le sens de ce clivage.

Devant l'inconnu qui m'entoure, le trouble de ces derniers jours s'apaise. Ce mariage de la sœur de Claude Pérignon à Audun-le-Roman. Parce que la mariée et le marié avaient demandé à ma tante Yolaine de leur prêter une chambre pour ce qu'on appelle leur « nuit de noces », j'ai été invitée à la cérémonie. J'y suis allée vêtue d'une robe de taffetas bleu, prêtée par une voisine. Je crois que, déjà, je n'aime pas l'atmosphère des mariages mais je n'en pourrais donner les raisons précises. Hormis le plaisir de porter une robe longue, sensation inhabituelle et fort agréable, la seule fête pour moi a consisté dans la compagnie constante, deux jours durant selon la coutume, de mon cavalier André Matte. Il a seize ans et ses parents tiennent un salon de coiffure face à l'église. D'abord déçue de ne pas être appariée à Claude Pérignon, son cousin, je me suis trouvée bien vite envahie par le plaisir de parler avec un garçon plus âgé que moi, de danser contre un grand corps et de me promener dans la nuit de septembre en fumant mes premières cigarettes. Comme chaque convive avait dû chanter quelque chose à la fin du repas, André m'a demandé de chanter à nouveau pour lui seul simplement parce qu'il avait aimé ma voix. Il me semblait qu'entre douze et seize ans la différence était infranchissable et de sentir une connivence s'établir entre André et moi entraînait une découverte d'une grande douceur. Sur le pont, un peu à l'écart du bourg, où la brise éteignait les allumettes à peine frottées — et chaque fois la brève lueur éclairait nos visages —, j'entrevoyais qu'une des choses les meilleures au monde, c'est de se sentir bien avec quelqu'un et de parler avec complicité dans la nuit.

Maintenant Mattaincourt n'est plus ce projet flou bien que mobilisateur de tout l'été, nimbé d'inconnu, mais une maison aux dimensions à découvrir, des couloirs très larges et très longs au sol luisant, une multitude de portes entre lesquelles il faudra bien s'y reconnaître, des odeurs mélangées, plutôt bonnes, à inventorier, une succession de lieux qui portent des noms. Par exemple, je suis couchée ce soir dans le dortoir du Sacré-Cœur et j'ai entendu des allusions aux dortoirs Notre-Dame, Saint-Pierre-Fourrier, Sainte-Agnès. Cela non plus je ne l'avais pas imaginé ! À côté de chaque lit, occupant le minuscule territoire qui nous est dévolu, ont été placées une chaise haute et raide pour les vêtements, une table de bois blanc à deux plates-formes : celle du bas pour les affaires de toilette, celle du haut pour une large cuvette émaillée et un verre à dents, remplis d'eau, les barres de bois latérales pour les serviettes. Ce soir, on nous a appris à nous déshabiller habilement de façon à ne pas nous trouver nues les unes devant les autres. Il faut retirer le chemisier, passer la chemise de nuit par la tête, faire glisser le long des bras les bretelles de la combinaison, enfiler les manches de la chemise de nuit, et seulement après ôter la jupe, la combinaison et la culotte par en bas. Ensuite mettre des chaussons. Tout cela dans le plus grand silence. Je me demande qui a versé l'eau dans toutes ces cuvettes.

Il faut évidemment se laver aussi dans un certain ordre : ne pas cracher l'eau de rinçage du dentifrice dans l'eau encore non touchée. On commence par le visage mais très vite l'eau calcaire et froide se charge de petites fleurs blanchâtres qui font hésiter sur la suite du cérémonial. Doit-on les promener sur tout le corps où elles ne feront qu'augmenter en nombre et en taille ? Mais tout aussitôt se pose la question de la nudité : comment se laver le cou, la poitrine, les bras sans ôter la chemise de nuit ? Il y a un moyen. La déboutonner devant, l'écarter sur les épaules, glisser un bras puis l'autre hors des manches et nouer les manches vides derrière le dos de façon à l'empêcher de glisser sous les seins. Des seins, personne ne semble en avoir qui soient capables de faire un relief suffisant pour retenir une chemise, il faut donc nouer serré les manches. Bon, mais alors on ne se lave qu'au-dessus de la poitrine ? Et tout le reste ? Pour le « reste », il y a des listes sur la double porte. Chacune d'entre nous a droit trois soirs par semaine à l'accès aux « petites toilettes » c'est-à-dire à l'usage d'un bidet à eau courante, soigneusement isolé par deux cloisons et une porte à verrou, dans une pièce où l'on en a installé six. Sans doute est-ce pareil pour chaque dortoir. Quand l'eau de la cuvette est couverte de fleurs de savon, quand on a atteint chaque partie du corps que l'on peut décemment découvrir, alors seulement on se brosse les dents et on se rince la bouche de la mousse onctueuse du dentifrice. Le tout va rejoindre la cuvette qu'on doit aller vider précautionneusement, pour ne pas tacher les parquets cirés, dans une sorte de bac à fond plat auquel est raccordé l'unique écoulement d'eau. Là, puisqu'on y dispose aussi d'un robinet, on nettoie la cuvette et on la remplit pour le lendemain matin. Malgré le silence, ces opérations successives prennent un certain temps. Une religieuse, une « Mère », surveille les moindres détails, fait des remarques à voix basse, et quand tout semble terminé elle demande le recueillement pour la prière du soir.

Cette densité de prière, je ne l'avais pas imaginée. Déjà, vers la fin de l'après-midi, une fois les malles vidées, les affaires rangées dans les armoires individuelles alignées tout au long du couloir menant à notre dortoir, une cloche avait sonné. Premier appel collectif entendu à Mattaincourt. C'était une cloche plutôt petite qu'une élève agitait en marchant, si bien que l'appel se promenait et qu'il était audible de tous les coins dispersés de la maison. Une Mère nous a dit de descendre par l'escalier central et juste comme je parvenais à cet endroit où le bois encaustiqué fait place à un sol de mosaïque non moins brillante, là où l'on voit le feuillage des arbres à travers les demi-cercles vitrés, divisés par des rayons de bois, qui couronnent les doubles portes, j'ai vu passer un cortège silencieux de religieuses qui, tout en marchant, posaient un voile noir très fin sur leur voile noir épais puis d'autres qui, elles, mettaient le même voile fin mais blanc sur un voile blanc, puis enfin quelques-unes portant ce bonnet tuyauté qui m'était apparu par le judas. Comme on nous avait invitées à leur emboîter le pas, nous nous sommes retrouvées dans une haute chapelle, à genoux dans le désordre de nos âges comme cela est sans doute naturel pour une première journée encore inorganisée ; mais tout autour, dans leurs stalles, les silhouettes noires, qu'on sentait chacune à sa place, nous faisaient pressentir un ordre qui, immanquablement, viendrait tout recouvrir. Nous avons dit le chapelet rituel d'octobre, mois du rosaire. Cela m'a rappelé le patronage et les chapelets bleu, blanc, rouge, mais tout ici était si différent, si solennel, que la comparaison s'est évanouie d'elle-même. Au cours de cette assemblée j'ai pu me rendre compte de notre nombre. Nous étions au moins deux cent cinquante, la chapelle était grande et nous la remplissions.

La surveillante a éteint sa petite lampe. Alentour, la campagne silencieuse, entrevue seulement, semble à l'écart de tout. Les animaux des fermes sont trop loin et ne se manifesteront pas avant l'aube. Aucun train ne passe à proximité. La route, éloignée elle aussi, se fait oublier. Je me sens bien dans mes deux mètres carrés de lit, déjà happée par d'autres proportions, baignée dans un air si radicalement autre, que ce que j'ai vécu jusqu'ici m'apparaît comme pouvant difficilement être raccordé à ce qui va suivre. Demain, Mère Cécile-Thérèse nous donne nos livres de classe.

Un bref coup de cloche, les volets que la Mère ouvre et je suis d'emblée projetée dans la vie d'interne. Le sommeil qui éloigne de tout m'avait emmenée ailleurs, or nous voici toutes assises sur nos lits, toutes aussi ignorantes de ce qu'il convient de faire pour l'instant. En cette heure très matinale, ce qui nous est présenté comme le plus urgent à accomplir, c'est de chanter la louange de Dieu. Un cantique très simple que nous apprenons facilement, que nous saurons mieux demain, commence donc la journée. La toilette, calque de celle de la veille, est assez vite expédiée, et là je découvre qu'à douze ans je ne peux pas me coiffer. Je le savais, sans y prêter attention mais je pensais que je me débrouillerais. Mes cheveux sont longs, frisés, difficilement démêlables. Chaque matin, pendant que je termine mon bol de café au lait, pour gagner un peu de temps, maman commence le démêlage. Elle tire sur les nœuds qui se sont faits tout seuls, elle répète qu'il faut souffrir pour être belle, elle me prie de tenir ma tête bien droite afin d'avoir prise sur les cheveux récalcitrants. Ensuite, quand j'ai fini mon petit déjeuner, elle sépare les cheveux en mèches qu'elle roule sur elles-mêmes, elle place des pinces qui raclent le cuir chevelu, parfois des rubans, et c'est durant l'opération des boucles anglaises qu'elle dit que mes cheveux sont une fortune, que je ne sais pas la chance que j'ai, que jamais je ne devrai les faire couper sans son avis à elle parce que seules les mères ne mentent pas à leurs enfants alors que les amis ne sont pas souvent sincères. La très longue séance de coiffure, comme on le voit, touche à des registres divers et maman semble tellement tenir à cette mini-tragédie quotidienne que je ne sais pas me coiffer à douze ans. Me voilà donc bien en peine dans le dortoir avec mes cheveux qui sont une fortune. Ne parvenant pas à les discipliner, je me décide à descendre hirsute au réfectoire. Mère Thérèse de l'Enfant-Jésus, qui me voit passer telle une Gorgone dans le rang, bondit littéralement. « Ma Mère, je ne sais pas me coiffer, j'ai essayé, je n'y arrive pas. » Elle est scandalisée et en même temps elle doit se rendre à l'évidence. Notre surveillante me coiffera chaque jour mais surtout m'apprendra à le faire moi-même. À la Toussaint je devrai être indépendante comme tout le monde. Elle dit que c'est inconcevable et je sais qu'elle a raison.

Il me faut quelques jours pour prendre le pli. Un matin, vers dix heures et demie, tourmentée par une petite faim, je quitte la récréation et j'entre dans le réfectoire. Je sors ma boîte à provisions (chacune de nous doit en posséder une contenant de quoi faire les tartines du matin et celles du goûter) et je couvre tranquillement de confiture deux tranches de pain. Je m'assois et je mange, l'âme en paix. Passe la Mère préfète, Mère Marie-Paule, qui me voit par la porte vitrée. « Mais que faites-vous là ? — Vous le voyez, ma Mère, je mange deux tartines parce que j'ai faim ! » Je sens qu'elle réprime une envie de rire mais elle est la Mère préfète et se doit d'être sévère. « Vous n'êtes pas seule ici, mon enfant. Le règlement vous concerne vous aussi. Personne ne doit entrer au réfectoire entre les repas et, si vous recommencez, vous serez punie. Achevez vos tartines mais que l'on ne vous y reprenne plus ! » Elle a raison, je le reconnais et dans mon école d'avant on m'aurait, pour bien moins, privée de récréation, mais ici c'est une maison où l'on vit, on n'y est pas seulement pour étudier. À Rosières-aux-Salines, si j'ai envie de manger une pomme au four au milieu de la matinée, ma grand-mère Léonie-Cécile me permet d'aller en choisir une dans le plat qui refroidit avec de petits craquements de sucre transformé en caramel. On nous a fait du règlement une lecture solennelle, son ordonnance m'a impressionnée, je me suis sentie pleine de bonne volonté, mais dans les petites circonstances j'éprouve aussi le besoin d'inventer, d'improviser, d'être libre. Je ne vois pas en quoi cela contredit l'esprit d'un tel règlement, sauf en un point que j'imagine mal : si tout le monde en faisait autant... C'est cet ajustement au collectif qui prend un temps infini, qui bande des dizaines de petits ressorts : on ne sait pas très bien tout d'abord où ils sont placés mais ils se révèlent peu à peu chacun avec son énergie propre. Nous assistons à la messe deux fois dans la semaine et ces deux jours-là le lever, fixé d'habitude à sept heures, a lieu à six heures et demie. Quand nous pénétrons dans la chapelle, il est sensible que les Mères y prient depuis longtemps, elles s'y tiennent dans le silence mais l'office de matines et de laudes qu'elles psalmodient à voix haute sur un registre très élevé nous parvient déjà tandis qu'au dortoir nous nous préparons et faisons nos lits. Le bréviaire divisé en sept heures liturgiques, les petites et les grandes heures, s'insinue partout de façon curieuse comme si l'acoustique générale du pensionnat était calculée pour en véhiculer la présence. J'apprends le mot « bréviaire » ; il se lie à cette voix collective dont le « recto tono » est si élevé qu'elle semble vouloir se délivrer d'en bas ; j'apprends le mot « oraison », il se lie au silence et à l'immobilité. La messe est célébrée par un aumônier sénile (je ressens comme exagéré le respect dont les religieuses l'entourent. Est-ce de la charité ?), il me rappelle l'aumônier du Carmel, l'homme très âgé qui a nié publiquement les fées. Tous deux exhalent la même bonté tremblante dont je n'ai que faire. Je ne sais évidemment pas que l'Église, économe de forces qui diminuent, réserve aux couvents et aux maisons d'éducation les prêtres à la retraite. Je me fais intuitivement une autre idée de la vie monastique, idée qui ne s'accommode pas de calculs de ce genre-là, aussi j'éprouve une gêne étrange à constater la différence entre le déroulement solennel des offices, l'harmonie des voix et ce vieux bonhomme qui perd son dentier dès les trois premiers mots du sermon. Les fleurs dans le chœur n'ont rien des touffes raides qui ornent symétriquement les autels, on sent que quelqu'un a inventé ces bouquets, les a regardés, leur a assigné une joyeuse fonction. Dans l'automne de la rentrée, le jardin, rafraîchi par les pluies de l'été lorrain, plein de dahlias et de marguerites d'automne, ce jardin que je n'ai pas encore vu, est l'unique origine de ces bouquets vivants et simples qui font oublier dès qu'on les voit le sommeil cassé par la cloche trop matinale.

Odeur du café au lait qui prend tout le couloir du bas dès la porte de la chapelle. Bols alignés sur les longues tables, silence obligé jusqu'à ce que le rythme de la collation ou du repas soit établi. On ne pourrait réciter le bénédicité dans le désordre et l'agitation. Les boîtes à provisions s'ouvrent et il en sort à mes yeux ébahis de citadine des réserves inimaginables : pâtés, saucissons, gâteaux confectionnés à la maison, fromages, miel. Maman m'a donné ce que j'ai toujours exclusivement connu : beurre, confiture, chocolat, et rien que fait d'en avoir à l'avance à ma disposition une certaine quantité m'a paru extraordinaire. Récent est mon apprentissage du manque mais pour la plupart de mes compagnes il semble qu'il en soit tout autrement. Au montant de chaque chaise pend un petit sac de toile marqué à l'encre noire, si on le vide sur la table on voit les quatre pièces du couvert, gravées elles aussi au numéro qui nous désigne pour toutes les fonctions pratiques, roulées dans la serviette de table et on voit le morceau de pain de trois cents grammes environ, notre ration attribuée chaque matin. En 1945, les cartes de rationnement alimentaire existent encore. Ce morceau de pain que certaines ont bien du mal à économiser, il est là comme un capital précieux posé à côté du bol blanc, il marque la journée encore intacte, personne ne le considère avec indifférence. À la fin de chaque repas une sœur converse au voile blanc (il faut pour les travaux ménagers et manuels des vêtements qui peuvent bouillir et tolérer l'eau de javel) apporte de table en table une bassine d'eau bouillante dans laquelle nous agitons nos couverts serrés en bouquet avant de les essuyer avec notre serviette et de les remettre dans le sac. Cette méthode, ancestrale dans les couvents mais tout à fait étonnante pour moi au début, devient bientôt naturelle, son efficacité évidente soulage de la partie la plus ennuyeuse de la vaisselle les jeunes filles assises ensemble, à l'écart, à une table du réfectoire et qu'ici on appelle « les ménagères ». Je sais maintenant qui remplit les cuvettes des dortoirs, ce sont elles. Elles parlent avec un accent étranger, elles n'ont ni grâce ni beauté, leurs vêtements gris, leurs tabliers noirs les vieillissent, je les vois parfois devant les auges, sur le caillebotis de la cuisine, laver les immenses plats de fer rectangulaires, à anses, ces plats qui, lorsqu'ils sont pleins, pèsent si lourd qu'ils obligent la Mère dont la tâche est de nous servir à les porter devant elle en bombant le ventre. Elles mettent le couvert, desservent les tables, lavent les vitres, nettoient les dortoirs. On dit d'elles qu'elles sont au pair, qu'elles échangent leur travail contre des leçons de français, et c'est vrai qu'on peut les voir parfois assises dans une classe tandis qu'une Mère semble leur dicter quelque chose. Moi je les imagine orphelines, recueillies, servantes pour survivre, je ne parviens pas à leur attribuer le même destin heureux, brillant, qu'à nous autres, autour desquelles tourne l'appareil tout entier de l'immense maison. Papa n'en a pas fait un mystère, être élève à Notre-Dame, cela coûte très cher chaque trimestre, il m'a dit, mi-rieur mi-sérieux, qu'il garderait toutes les notes pour que je voie, à la fin de mes études, quelle somme de reconnaissance je lui devrais. En échange, on me demande seulement la perfection de ma conduite et de mon travail.

Pour le travail c'est simple, il me passionne. L'histoire ancienne fait irruption dans ma vie par le véhicule d'un livre, *L'Orient, la Grèce et Rome*, bien plus attirant que tous les livres d'histoire que j'ai connus jusqu'à ce jour, et avec elle s'accordent les premières déclinaisons latines. La rédaction demeure le grand plaisir inchangé. L'étude de la géographie, des mathématiques, de l'allemand, moins exaltante, me réserve pourtant presque chaque jour des découvertes qui entretiennent mon appétit. Vraiment rien ne me rebute ou m'ennuie et la nouveauté vient aussi de ce que les cours, au lieu d'être tous donnés par la même personne, la bonne et sévère

Madame Rolland, le sont par des professeurs différents, si bien que chaque matière étudiée, ou presque, se lie à une atmosphère particulière qui résulte de cette combinaison. Mère Marie de l'Incarnation, témoin de mes premiers balbutiements en allemand, s'installe au bureau de l'estrade avec une majesté distante, mais son sourire n'est jamais loin et Mademoiselle Vuillemy, qui règne en tant que professeur principal à la fois sur le français, le latin et l'histoire, possède ce visage aux pommettes osseuses qu'on dit être propre aux habitants des Vosges plates, et voilà que par ce visage toute une zone ignorée de moi se laisse pressentir : celle des villages aux rues droites dans des plaines qui en deviennent secrètes à force d'être complètement exposées à la vue, celle qui n'a aucun point commun, sinon la présence des vaches, avec les Hautes-Vosges dont les forêts m'ont tellement frappée. Et Mattaincourt, que nous traversons chaque jeudi, chaque dimanche, en rangs par trois, c'est exactement le village des Vosges plates, ses maisons insignifiantes, plutôt laides, son absence d'une place pour se rassembler et même si sa gloire tient à une basilique de grès rose, lieu de pèlerinage à saint Pierre Fourrier, cela le rend encore moins beau que s'il possédait une église de pierre toute simple, grise et basse, qu'on aurait pu construire non loin de la rivière, le Madon, et devant laquelle on aurait planté des tilleuls. Nous le traversons vite, toujours accompagnées de la curiosité des uns et des autres. Des rideaux se soulèvent aux fenêtres. Les maisons se raréfient, les rues vont s'élargissant en routes ou s'étrécissant en chemins de terre. Si le vent souffle, je préfère les routes, surtout la route d'Épinal, parce que les peupliers bruissent comme du métal affiné et parce que le cours du vent que ne gêne aucun taillis, aucun muret, nous empoigne par tout le corps. Alors se parler devient difficile, s'entrecoupe de rires suffoqués. Mes compagnes, selon le hasard des promenades et des récréations, me deviennent peu à peu familières. Les places fixes du dortoir, du réfectoire et de la classe en privilégient quelques-unes dont la proximité me fait croire que je les connais mieux. Le silence aussi, qui aiguise l'observation. Rien ne presse. En principe nous sommes embarquées ensemble pour sept ans et le but est si lointain qu'il permet de penser que nous y parviendrons toutes en rangs serrés. Je regarde Michelle Braun, Monique Laurent, Marie-Thérèse Aubry, Françoise Chaton, Marie-Claude Ferry et les autres, et en même temps je me sens îlot de solitude impénétrable. Pourtant je ne me tiens pas à l'écart, je me mêle à tout volontiers, mais il me semble vivre un état que mes compagnes, apparemment du moins, ne vivent pas. Toujours ce retrait invisible, cette impression d'habiter deux lieux à la fois et que celui des deux qui est imaginaire fonde l'autre qui nous est commun à toutes, dont nous apprenons le code, l'usage, les repères. Mais puisque éprouver cette superposition en soi ne se voit pas, cela peut arriver à d'autres sans que je m'en aperçoive. Je ne le sens pas et de là me vient peut-être l'impression de ma singularité. Ici la précision de la vie quotidienne, le découpage du temps sont les auxiliaires d'une sorte de chasse au rêve (dans la salle d'étude, dès qu'une lève la tête et laisse un long moment son regard errer au-delà de son livre ou de son cahier, Mère Thérèse de l'Enfant-Jésus tapote de son crayon le bois de la chaire ou bien fait un petit bruit de sa langue contre ses dents « Vous rêvez, mon enfant ! », cela d'un ton désapprobateur), et surtout à la mélancolie. Car nombreuses sont celles qui pleurent et contemplent des photographies ou de petits calendriers aux jours barrés qu'elles sortent furtivement de leur poche. Elles ont le cafard, disent-elles, et plus que tout, cela me semble étrange. Qu'ont-elles donc laissé derrière elles qui les mette dans de semblables états ? Certes je n'oublie rien de Rosières-aux-Salines, des vergers, de notre jardin et de notre maison, je pense à mon père, à ma mère, je sais que Pierre et Anne-Marie grandissent et changent, mais je continue à éprouver le sentiment aigu que je suis appliquée à un parcours, que pas un jour n'est inutile, que vivre ici est complètement vrai et en même temps m'entraîne dans le réseau d'un grand jeu symbolique, me pousse sur une sorte de scène où je dois me définir hors des regards qui jusqu'à présent m'ont tenue et surveillée. C'est pourquoi je n'ai pas de calendrier dans ma poche et ne barre jamais les jours.

C'est aussi pourquoi sans doute le jour de la Sainte-Catherine, selon une coutume que je découvre, on m'attribue un bonnet figurant un coq, car il apparaît comme évident que l'orgueil est mon défaut principal. Mortifiée quelques minutes, je m'aperçois bien vite que je préfère l'emblème du coq à ceux des autres défauts.

Chaque jeudi, jour de loisir, avant la leçon de couture et de raccommodage, avant le moment réservé à la lettre à nos parents, lettre qui sera donnée ouverte, sœur Saint-Pierre nous emmène au « petit pensionnat », où vivent les enfants des classes de la dixième à la septième. Là, dans une grande pièce au plancher lavé, devant les bancs disposés en carré, sont posées des bassines emplies d'eau tiède. Nous nous lavons les pieds, brossons et coupons nos ongles tandis que sœur Saint-Pierre, au regard perpétuellement extasié, nous regarde en égrenant le chapelet fixé à sa ceinture.

Toutes nos actions obéissent à une cloche. Celles des Mères aussi, mais leur cloche à elles sonne au petit clocher qui domine la maison; son timbre doux, plutôt grave, ses coups tranquilles s'accordent à son rôle qui est d'annoncer la messe, les offices, et de célébrer trois fois par jour l'Angélus. Tandis que la nôtre n'est qu'une clochette à manche de bois qu'une élève secoue énergiquement tout au long des couloirs, elle surprend et agace.

Ici on ne parle jamais des fées mais des saints et des saintes. On nous dit que si nous sommes là, c'est parce qu'une jeune fille très belle qui s'appelait Alix, il y a plus de quatre cents ans, a refusé le riche mariage que lui proposaient ses parents, s'est enfuie et, tout près d'ici, à Poussay, dans une grange soigneusement balayée, a commencé à apprendre à lire aux petites filles des paysans. Elle ne supportait pas cette coutume de laisser les filles dans l'ignorance. Très vite des compagnes l'ont aidée et Pierre Fourrier, dont personne ne pouvait alors savoir qu'il était un saint et qui, lui aussi, se passionnait pour l'instruction et l'éducation des enfants, a pris publiquement sa défense. Sa famille a dû se résigner et l'évêque a admis que ce qu'Alix entreprenait était nécessaire et urgent. On nous raconte toutes sortes de faits merveilleux, petits miracles quotidiens comme celui qui fit, sur son ordre, s'enfuir tous les charançons de la réserve de blé. Une phrase qu'elle a écrite me frappe : « Petites âmes, toutes vermeilles du sang de Jésus, je vous aime tant que rien plus. » Je ne peux pas comprendre toute la dérive mystique de cet élan mais je sens bien qu'il s'agit là d'une extrémité, d'une passion, et ne serait-ce qu'à cause de cette parole, celle qu'on appelle Mère Alix Leclerc, ou Mère Alix tout simplement, a une présence sensible ici, d'autant plus qu'elle a tenu bon dans ce même paysage, qu'elle a marché de Poussay à Mirecourt, de Mirecourt à Mattaincourt, de Mattaincourt à Hymont et qu'elle a regardé les mêmes collines à peine ébauchées, les prés coupés de petits bois. Je l'aime bien. Je comprends que les Mères, après elle, en souvenir d'elle, travaillent autant que je les vois travailler.

Chacune d'elles, à cause de son voile, de sa guimpe, de son bandeau qui couvre le front, est un être mystérieux. Je n'en ai jamais parlé avec les autres mais il me semble qu'à partir des gestes, de la voix, de l'impatience ou de la patience, du sourire ou des furtifs passages de la tristesse, on peut imaginer quelqu'un « d'avant ». Par exemple de Mère Marie Vianney dont les verres de lunettes sont si épais, je pense d'abord qu'elle est la laideur en personne, puis je l'entends chanter, et comme sa voix merveilleuse contredit complètement le manque de grâce de son visage, j'essaie d'ajuster ce visage à cette voix. Alors je remarque sa démarche qui a quelque chose d'élastique, de noble et de très doux. Plus tard, le bruit court qu'elle est comtesse et petite-fille de René Bazin. Un jour qu'elle me demande d'aller lui chercher un livre oublié dans le box qu'elle occupe au dortoir du second étage, je vois derrière le rideau la pauvreté, l'absence de toute marque personnelle, le dénuement du lieu où se retire une religieuse au soir d'une dure journée qui commence tôt. Et cela toute la vie. Qu'elle soit comtesse et petite-fille d'un écrivain célèbre exige de moi le même ajustement entre sa condition dans le monde et son état de religieuse que celui auquel je me suis livrée entre son visage et sa voix. Là, précisément, se glisse la petite phrase de Mère Alix, à moins qu'un chagrin d'amour... mais je refuse l'idée qu'on peut fonder sa vie sur des demi-mesures ou sur une résignation. Faute de fées qui font décidément tout pour rester invisibles, j'essaie de voir des saintes.

C'est seulement à la veille des vacances que le rappel vivant de notre maison se fait en moi. Depuis les premières, celles de la Toussaint, je sais que d'abord tout me semblera minuscule et c'est à partir de la différence de perception dont je pressens le choc répété, que je me retrouve transportée dans le concret du lieu que j'ai quitté. J'entends la voix de maman, ses inflexions douces à la gare et qui, immanquablement, se raréfieront au fil des heures jusqu'à disparaître. Mais elle posera sur la table sa nourriture dont elle est si fière qu'elle fait durer avec un soin méticuleux la confection des repas. Et moi qui, hormis le pain que je tartine de la confiture ou du beurre de ma boîte, n'aime guère manger à Mattaincourt, donne à ma voisine les fines tranches de viande aux irisations suspectes, répugne à avaler la purée de pois cassés constellée de charançons cuits (ah ! si Mère Alix était là), examine longuement les feuilles de salade avant de les absorber et défaille devant l'odeur du hachis Parmentier, moi qui ai faim d'autres choses, je retrouve le premier repas de vacances à la maison comme une fête perdue, inaccessible. À la faveur de l'immense différence qui existe entre la cuisine de maman et celle des sœurs Gertrude et Dominique et sans me rendre compte que nourrir une communauté de trois cents bouches en 1946 est autrement difficile que de trouver de la crème et du lard pour la quiche lorraine d'une famille de cinq personnes, je deviens gourmande. À Rosières-aux-Salines, je ne préfère plus la simplicité de la soupe au cerfeuil ou la « palette » du lapin cuit à petit feu et aromatisé de sarriette, je vais délibérément vers les tartes aux pommes, le gâteau de maïs, comme si ce qui est farineux, sucré, compact, devait me consoler d'un manque de nourriture franche.

Pendant les vacances, sauf le jour et le lendemain de la fête qui en est la raison, sauf le dimanche si elles sont assez longues pour en contenir un ou deux, papa est absent de la maison et je commence à comprendre que maman vit très seule. Je la vois prenant ses repas dans la cuisine constamment chaude grâce à la cuisinière de fonte, émaillée de bleu turquoise foncé, assise entre mon frère et ma sœur. Ils ont maintenant presque huit et trois ans. Que peut-elle leur dire ? Elle écoute à cinq heures « Le passe-temps des dames et des demoiselles » à Radio-Luxembourg. L'émission s'annonce par un fragment de la *Petite Musique de nuit.* Elle raccommode, transforme les vêtements qui en valent encore la peine car le tissu et les habits sont rares. Ses amies viennent la voir, elles s'appellent « Madame » entre elles. La vieille Madame Grosselin aux doigts déformés par l'arthrite et qui tient cependant à l'aider pour la couture, Madame Remy, volubile, remuante, qui, à l'entendre, ne passe que des nuits blanches, mais si gaie malgré tout, Madame Siegrist, une ancienne voisine qui m'a connue à ma naissance. Les visites sont improvisées et pour chaque goûter maman ouvre un pot de ses confitures. On commence à pouvoir acheter un peu de café.

Madame Derlon m'interroge sur ma vie à Mattaincourt. Je voudrais la lui décrire d'une austérité effrayante tant la sienne m'épouvante. Or mes récits sont pleins d'air, de promenades, de chant choral, de piano ; les tilleuls de la cour ont à nouveau des feuilles, et si l'on mange mal à mon goût, on ne mange que deux fois par jour. Ai-je de bonnes notes ? Oui, ma moyenne générale est très haute et la bibliothèque est tapissée de livres sur ses quatre côtés. C'est une pièce sombre à cause de l'unique fenêtre, mais chaude et qui sent bon le bois. Jamais je n'ai autant lu. Notre classe a des murs ocre. Nous effaçons les taches d'encre de nos pupitres avec du verre puis nous les cirons avec des restes de bougies. Je la regarde étendue sur le lit qu'elle ne quitte jamais. Maintenant, même soutenue par l'oreiller, sa tête tremble, elle ne soulève plus ses mains incohérentes. J'accumule les détails pour ne pas pleurer. « Alors tu vas me quitter à nouveau ? — Oui, mais les vacances de Pâques approchent. » Dans un coin de la chambre, une longue poupée molle, Colombine enfarinée à bonnet noir, me fixe de son regard peint sur le bombé du coton bourré de son. On lui a dessiné de grands cils en étoile. Elle glisse un peu de côté sur un coussin de satin rouge.

Grâce à la procession des Rogations, j'entre enfin dans l'immense jardin de Mattaincourt. Pendant que les invocations aux saints, les *Ora pro nobis* se succèdent avec ce décalage propre aux processions, sorte d'écho sans résonance, je découvre la fraîcheur des allées bordées de groseilliers, de pivoines encore mouillées de rosée, de lupins bleu-mauve, je vois les carrés de petits pois, les jeunes touffes des haricots, les arbres, les ruches, le feuillage si gai des pommes de terre. J'oublie les litanies mais je suis pleine d'une reconnaissance diffuse pour Dieu qui veille personnellement sur la menthe, l'estragon, le persil, sur les lys qui blanchissent avant de s'ouvrir en quelques déclics, sur cette terre dont le brun se faufile entre les verts. Oui, oui, que la grêle soit épargnée, les orages détournés, la sécheresse combattue par de petites pluies savantes. Pas trop de vent non plus s'il vous plaît, juste ce qu'il faut pour secouer les particules sèches déjà prêtes à s'envoler. Cette procession, trois matins de suite, m'enchante, je me lève avec enthousiasme, j'y cours. Le troisième jour, par une allée qui fait un détour, nous passons près d'un enclos dont le portail très bas est à claire-voie. Des croix noires sans ornement sont alignées, chacune d'elles est au chevet d'un tumulus peu accusé dont la terre n'a pas l'apparence onctueuse de celle du jardin, elle est plutôt sèche, pierreuse. Les fleurs semblent avoir été semées par le vent. Ma fête païenne se trouble mais le lieu entrevu me parle d'un silence ancien, familier.

Ce jardin, on ne peut pas y retourner. On ne peut pas s'y promener, aller voir si les groseilles virent du vert au rouge en frôlant le blanc. Ce jardin est clôture papale : celui qui y pénètre sans raison risque l'excommunication. Les religieuses sont des cloîtrées. Aucune de nous ne doit poser le bout de son pied dans l'aile de la maison qui leur est réservée. Cet ordre de moniales est d'obédience romaine, même l'évêque de Saint-Dié ne peut intervenir en rien dans ses destinées. Le contenu solennel des paroles de Mère Marie-Paule a d'abord pour effet de m'amuser. Je ne vois pas très clairement ce que gâcherait une petite fille à se promener de temps en temps dans un jardin où seules les sœurs converses sarclent, taillent, bêchent, désherbent, arrosent. Et même je pourrais les aider au lieu de jouer sottement à la balle au prisonnier. Comment lui expliquer que les vergers de mes grands-parents me manquent ? Je suis la seule à lui avoir demandé l'autorisation d'aller dans le jardin, de visiter de temps en temps le cimetière des religieuses, pourquoi ne comprend-elle pas ? Que les Mères ne sortent pas, sauf pour nous accompagner, qu'elles ne retournent plus jamais dans leur famille même si ceux qu'elles aiment sont à l'agonie, cela me semble plutôt admirable. Je vis à proximité du Carmel depuis presque toujours et quelque chose a dû circuler dans l'air, qui m'a avertie de ces extrémités où Dieu entraîne quelques-uns. Mais que le jardin, rien que le jardin, me demeure impénétrable, constitue à mes yeux une espèce de scandale. Je lutte pied à pied contre la Mère préfète mais je n'obtiens rien. Simplement ceci : « Vous le reverrez à la Fête-Dieu ! »

Maintenant la grande maison m'est familière. Ses odeurs différentes selon les heures et selon les lieux, la circulation de la lumière du soleil, les coins abrités, les coins éventés, le grincement et les marches usées du grand escalier de bois, le passage obscur qui précède l'entrée dans la chapelle et même la nourriture dans laquelle je peux reconnaître, maintenant que l'été est proche, des éléments en provenance du jardin. Je suis allée plusieurs fois au parloir où papa, passant dans la région pour son travail, m'a fait appeler. C'est ainsi que j'ai senti pour la première fois ce que représente un salon, que j'ai perçu les signes qu'émettent les meubles anciens quand ils tiennent ensemble, par leur harmonie même, le langage d'un milieu de vie dont mon piano avait été le cheval de Troie. Je me suis donc trouvée plusieurs fois assise dans un fauteuil face à mon père, en un lieu si profondément différent de notre cuisine ou de notre salle à manger aux roses tango que ma joie de le voir était enduite d'une sorte d'apprêt. Pour lui, pour moi, ce parloir, pourtant dépouillé, était grandiose. Après avoir vu les deux, j'avais choisi le petit dont les proportions sont moins intimidantes, mais jusqu'aux bouquets que Mère Élisabeth de la Trinité, partageant son art entre la chapelle et les parloirs, y avait posés, tout nous impressionnait, nous confrontait à un autre monde. Lui était dehors, moi j'étais dedans. Chez nous, je croquais dans les pommes à table, ici je les mangeais avec une fourchette et un couteau, il disait : « Bonjour, Messieurs Dames », moi je faisais la révérence (la petite ou la grande selon les circonstances), et si je savais bien, au fond, que tout cela n'avait pas d'importance réelle, cela était. J'étais à peine dedans à cause de mes rébellions car tout ce qui me paraissait non fondé, je le contestais ouvertement, mais j'étais totalement dedans parce que je savourais une différence faite de raffinement, de rigueur de vie, l'idéalité subtile que les autres élèves ne remarquaient peut-être pas. Ou bien cela leur échappait et elles vivaient le règlement, les coutumes, à la lettre, passivement, ou bien elles étaient depuis leur enfance baignées dans ces eaux-là, vouvoyaient leur propre mère et faisaient la révérence dans le salon de leurs parents.

Quand je suis appelée dans un coin du réfectoire pour ma leçon de piano, j'y descends sans joie. Dans un réfectoire il traîne toujours des odeurs froides, ce n'est pas du tout comme une cuisine où les éléments en transformation saturent l'air d'odeurs vivantes, mobiles. Mon professeur est une vieille demoiselle au profil aigu, pensionnaire à l'hospice de vieillards qui a de beaux arbres à l'entrée du village, quand on vient de Mirecourt. Mademoiselle Dété ne semble pas particulièrement aimer la musique. Elle veille à ce que mes gammes témoignent d'un travail régulier entre les leçons et elle m'apporte des partitions volantes que je n'ai aucun plaisir à déchiffrer. Elle oublie Clémenti, Diabelli, Couperin, Mozart, leurs petites pièces faciles que je suis capable de jouer assez bien, pour vanter *Cordoba* d'Albeniz ou une transcription pour piano de Chabrier : *España*. Pour me mettre en appétit elle me joue ces morceaux de musique qui ne déclenchent en moi rien d'autre que de l'aversion. *España* surtout. *España* a pour moi une histoire. Chez Madame Siegrist, l'amie de maman que nous allons parfois visiter en retour, végète un vieux piano éraillé, désaccordé, sur lequel pianotent abominablement les deux filles de la maison. Un jour, l'une d'elles entame *España* et mes parents, séduits, s'écrient de concert : « C'est magnifique, il faut absolument que tu apprennes ce morceau. » Pétrifiée d'horreur, je reste muette, espérant

démontre les relations conflictuelles
avec les parents, elle joue España
non pas pour elle mais pour ses parents
la musique, sa passion, contrôllée par les parents.

qu'ils oublieront. Mais, au moment du départ, on me donne généreusement la partition.

Je n'ai pu ni la détruire ni la perdre parce que chaque fois que maman ou papa entrait dans la salle à manger, sans prêter aucune attention à l'exercice auquel je me livrais ou à ce que j'étais en train de déchiffrer ou de jouer, ils n'avaient qu'un mot : « Joue-nous *España.* » Souvent même, ils étaient tous les deux là, à s'asseoir sur les chaises cannées Henri II, attendant avec émotion « leur » cher morceau de musique. Alors je sortais la partition de dessous la pile et comme je ne la travaillais jamais je l'écorchais, mais ils pensaient que l'exécution en était difficile et ils étaient tout de même contents. Les leçons de piano qu'ils m'offraient porteraient leurs fruits et je pourrais un jour interpréter *España* avec virtuosité. Moi j'étais humiliée, honteuse de jouer ça, et bien avant que ma vie à Mattaincourt ne me fasse sentir le clivage qui s'est nécessairement produit entre eux et moi, ce simple fait, cette colère rentrée, éveillait un très douloureux sentiment qui ne m'a guère quittée depuis : celui de l'impuissance à faire partager la beauté. Quand, aujourd'hui, plusieurs dizaines d'années ayant passé, je choisis de lire un livre comme *Les Nourritures psychiques* de mon maître Raymond Ruyer ou *La Culture du pauvre* de Richard Hoggart, c'est à cause de cette petite douleur insistante qui s'est installée avec *España*, car personne ne peut vivre sans beauté et d'ailleurs personne ne vit sans beauté. À chacun son épiphanie, j'ai mis longtemps à le comprendre.

Je suis dans le réfectoire et Mademoiselle Dété joue *España*. Mais je n'ai que treize ans à peine, la colère revient. Comme est lointaine la maison aux fourrures de Mademoiselle Draber, la maison à l'odeur de pommes cuites dans leur peau ! La petite sonate de Mozart qui me faisait trembler ! Si je n'aimais pas autant la musique, si je n'étais pas sûre de retrouver ses leçons aux grandes vacances, je perdrais cœur et j'abandonnerais. Car ne me déçoivent pas seulement les leçons. On nous conduit chaque jour par groupes de cinq selon des horaires qui divisent le temps en demi-heures durant la seconde partie de l'après-midi, dans de petites pièces situées sous le toit, au même niveau que le grenier où sont rangées nos malles. Chacune de ces pièces est la chambre d'un professeur, la même pauvreté que celle du box de Mère Marie Vianney y règne, quelques photographies rompent à peine l'anonymat, et le mauvais piano qu'on a placé dans un coin n'est pas un luxe. Au contraire, il interdit toute intimité, il ôte durant des heures l'usage privé de la chambre qu'il livre à notre présence forcément indiscrète. Les cloisons sont si minces que nous entendons les exercices de droite et les gammes de gauche, le piano sonne mal, l'heure imposée n'est pas propice et rares sont les moments d'étude vraiment fructueux. J'en sors avec le cœur plutôt lourd et j'imagine nos professeurs, dont certaines ne sont plus très jeunes, se retirant le soir dans leur chambre sans eau, sans fenêtre, seulement un vasistas, accrochant le rideau de coton pour occulter la vitre de la porte, allumant les lampes pinces, sortant d'une armoire fermée à clef ce qu'il faut pour la toilette. Et je me demande comment on peut vivre sans amour quand on n'est pas une religieuse. Mieux vaudrait mourir, je crois.

Je ne sais pas pourquoi j'ai pensé très tôt à l'amour. De façon aiguë, droite, absolue. Personne autour de moi ne semblait s'en préoccuper. C'est peut-être ce vide ? Cette pensée absorbante est restée scellée, elle n'a jamais été évoquée et je me suis si peu confiée.

Bien que mon indiscipline profonde soit notoire, trois ans plus tard je suis toujours à Mattaincourt. On me dit qu'on a hésité à me garder mais que ma franchise, ma spontanéité ont fait oublier mes incartades et mes rébellions. Maintenant les hauts murs qui interdisaient tout regard intrus ont été remplacés par des grilles basses aussi avenantes que possible. J'ai le sentiment de vivre, ici. L'alternance des saisons, le changement qu'elles apportent en ce lieu qui bouge lentement, irrésistiblement, comme mû par le fond, élargissent ma perception du dehors. Avant Mattaincourt, je n'avais que les vergers de Rosières-aux-Salines ou notre jardin de Nancy comme repères dans le mouvement solaire, or je ne vivais pas jour après jour dans les vergers et notre jardin n'est qu'un échantillon très resserré, aux confins de la ville, du changement général. Ici la campagne, à perte de vue, balance d'un solstice à l'autre et le vent est libre d'aller et de venir.

Je ressens mon temps déjà passé ici, quatre ans, comme une carrière. Je suis dans la position de celui qui marche sur le rebord du plateau et qui se penche et qui voit monter vers lui les couches successives de la falaise. Sous ses pieds il n'a qu'un peu d'herbe rase ; vu de dessus le corps de la terre est trompeur et lui demeurerait caché s'il ne regardait pas du côté de cette béance utile ou si, cherchant un sentier pour descendre en lacet au niveau le plus bas du creusement, il n'en trouvait pas. Une carrière est un lieu à regarder longtemps, d'en haut, d'en bas. Ensuite on marche sur le sol avec une mémoire imaginante. La sédimentation des roches, les éclats, les brisures, l'impression d'un enfoncement qui pourrait sans limites aller au cœur, traverser jusqu'au ciel d'en dessous, nous situent dans l'échelle du temps et nous révèlent le peu de poids de nos angoisses.

Si l'image de la carrière se tient si constamment à mes côtés durant les derniers jours de ma classe de seconde, c'est parce qu'en ces jours-là je commence à évaluer ce qui s'est déposé, sédimenté. J'ai conscience d'un temps qui s'alourdit comme mon corps lui aussi s'est alourdi. Peut-être exhibe-t-il, à mon insu, ce sentiment d'un plein, peut-être en est-il à son tour la figure. Je ne sais. Je souffre de mon corps ainsi devenu, il m'humilie, m'entrave, constitue entre les autres et moi un écran que je ne parviens pas toujours à traverser. Il me semble que quelque chose en moi, contre moi, fabrique cette graisse envahissante, si contraire à la beauté que j'aime d'un amour de dévotion.

Depuis 1946, le tissu ayant réapparu sur le marché, nous portons chaque dimanche un uniforme bleu marine dont la coupe a été laissée au choix de nos parents. Seul le béret bleu est le même pour toutes. Sur le béret et sur la manche gauche de notre veste, nous avons solidement cousu un blason : un lys stylisé sur une croix et, en demi-cercle, l'entourant, la devise de saint Pierre Fourrier que nous sommes invitées à faire nôtre : *Omnibus prodesse.* Être utile à tous. Cette règle de vie aussi exaltante qu'impraticable me maintient cependant à l'abri du repliement que pourrait engendrer mon corps trop lourd, et dans les petits matins difficiles d'une existence si précise, il arrive que je me sente aidée par ce rappel naïf. Car il y a le froid parfois, juste en début ou en fin d'hiver quand chauffer paraît dispendieux, et celui de certaines récréations dont, même par moins quinze degrés, nous ne sommes jamais dispensées. C'est ainsi qu'en quatrième, atteinte de jaunisse depuis une bonne huitaine de jours et demandant la permission de rester à l'abri, je me suis entendu répondre par Mère Thérèse de l'Enfant-Jésus : « Vous devez sortir. Vous êtes jaune parce que vous manquez d'air. » Manquer d'air à Mattaincourt ! C'est seulement la fièvre battant aux tempes qui m'a envoyée à l'infirmerie puis à la maison pour un mois.

Maison, la nôtre, dont je perds peu à peu la clef, car il y en a une, je m'en souviens. Mais pour qu'elle tourne sans bruit, efficacement, dans la serrure bien huilée, pour que la porte s'ouvre sur une vie vraiment partageable, il faudrait que j'oublie l'intensité qui me façonne et que je me laisse couler doucement dans un rythme végétatif, dans une absence de but : nourriture, entretien de la maison, des vêtements, du linge, menus bavardages, commentaires sans fin à propos de rien, respect absolu des préjugés, louanges de l'utilitaire, non-désir de lire, sommeil. Pour être en paix, pour ne pas tricher avec mes parents, il faudrait que je vive ainsi. Il faudrait que j'éteigne toutes les petites lumières, que je m'aligne sur un ordre apparent fait de conformisme bien-pensant et de relâchement dissimulé. Je ne peux pas. Si je cédais, que recevrais-je en échange ? Peut-être des journées plus faciles ? Car elles sont nombreuses durant les grandes vacances. Peut-être un peu de douceur de la part de ma mère ? Ce n'est pas sûr et mon territoire s'amenuiserait si vite qu'il me semblerait être réduite à rien. Mon frère, ma sœur, très jeunes tous les deux, dans l'orbite de ma mère, ne peuvent pas encore souffrir. Ils ne flairent pas l'abîme qui sépare nos parents, ce n'est pas à eux que s'adresse le discours perpétuel sur le bien-fondé du mariage, la respectabilité, la vertu et la virginité des jeunes filles, discours qui fleurit durant d'interminables petits déjeuners lorsque mon père est à la maison. Chantre convaincu des vertus domestiques — toujours ému par une femme en train de coudre —, mon père s'adresse à l'épouse que je serai et à la femme qu'il aimerait avoir en la sienne, mais elle il ne la voit pas et elle sait qu'elle n'est pas vue. L'homme qu'il est, elle ne le voit pas davantage et ils durent ensemble, s'ignorant. Elle ne cherche pas de consolation autre que ses deux enfants les plus jeunes. Lui voyage et en trouve. Un matin de vacances, je découvre dans la boîte, avec le courrier, une lettre étrange, portant une écriture laide et fabriquée. Un instinct — ou l'inquiétude latente — me pousse à ne pas la transmettre et à l'ouvrir. Son contenu m'effare. J'y lis ce qui, sous l'ordre apparent des choses ici, fait éclater au jour la vérité et par surcroît l'hypocrisie dans les sentiments fondateurs du mariage dont mon père se plaît tant à vanter les mérites. Adressée à ma mère en termes insultants, cette lettre ignoble, basse, vulgaire, dont rien ne prouve qu'elle dit vrai, ne devrait cependant pas se trouver entre mes mains si mon père vivait conformément à ses principes. De toute façon la seule présence de la lettre est accusatrice. Par une sorte d'amère ironie, un frère inconnu s'ajoute à mon frère vivant pour restituer le nombre quatre. Sous le choc, je détruis la lettre. Ce n'est qu'un répit. Une autre arrive et je ne suis pas là pour l'intercepter. La salle à manger aux roses tango, la cuisine, le couloir deviennent le théâtre de drames diurnes et nocturnes. Il arrive que la table soit renversée au milieu d'un repas. Et pourtant le discours continue, imperturbable, au-dessus des sanglots et des yeux gonflés. Honte de ces jours-là. Alors je vois le papier peint des murs, les napperons de dentelle sous le pied des verres de Bohême juste dans le creux du buffet Henri II, j'entends Radio-Luxembourg ; essuyant le linoléum vert qui couvre la table de la cuisine, suivant soigneusement la cornière d'aluminium qui le borde, je détaille le vert des murs, foncé en bas, clair en haut, le lancinant désir de beauté revient et avec lui le désir d'une douceur comme je n'en aurai jamais connu. Le jardin, vu de la fenêtre de la cuisine, serré entre les autres jardins, s'il ne s'élargit pas des feuillages de l'été, bute sur ce mur du fond, couronné de tessons, qui signifie bien plus mon enfermement que la clôture des carmélites. Oui, je peux me rendre utile ici, ma mère est nerveuse et fatiguée ; mon frère a des difficultés en classe ; par les jours calmes, c'est-à-dire de moindre frayeur, j'apprends à mon père l'orthographe d'usage, je reviens sur les règles principales et je tape pour lui des lettres à la machine. Je lis des contes à ma petite sœur. Oui, je sais faire la cuisine, j'ai une grande habitude de la vaisselle, si la femme de ménage s'absente je peux la remplacer en partie. Et lorsque mon père décide de repeindre toutes les persiennes une à une, à ses côtés je les lessive, je les passe à la brosse de fer, au minium et enfin à la peinture vert pâle — puisque le vert est la couleur préférée de ma mère et que tout ici doit être vert — en faisant très attention à la goutte obstinée qui coule nécessairement de l'autre côté à chaque fente, et tout le monde sait que les persiennes ne sont que fentes et charnières qu'il ne faut pas trop peindre pour qu'elles restent faciles à manœuvrer, mais qu'il faut cependant bien peindre pour qu'elles rouillent le plus tard possible. On entend parler les voisins dans les cours séparées de la nôtre par trois plaques superposées de fibrociment, mais chacun fait tout au plus un peu de bruit avec sa bouche, seuls les cris quand éclatent des disputes sont matière à indiscrétion. C'est un quartier tranquille, au mois de mai les prières à la Vierge, le soir, se disent devant l'une ou l'autre porte, dans l'odeur des seringas.

L'incertaine destination des journées, durant les longues vacances d'été, est cependant marquée d'un caractère distinctif : la présence ou l'absence de mon père. On sait d'avance qu'une journée sans lui sera plus calme, que l'humeur de maman variera moins, qu'un horaire plus strict sous-tendra les différentes occupations, mais quelque chose restera en suspens, en attente d'un événement possible qui n'aura pas lieu. C'est toujours au tout début de ces journées-là que l'odeur d'ébullition de la lessive, s'échappant de la buanderie, gagne la cuisine et le couloir du bas. Madame Clément, la « femme de lessive », s'active dans le mouillé et le savonneux, environnée de buée. Elle déjeune avec nous et « nous devrons être très polis avec elle », recommandation cent fois répétée, comme si nous allions, sur un coup de tête, nous conduire grossièrement. Le linge est suspendu au jardin, rentré à mesure de son séchage, repassé aussitôt. La « femme de ménage » ouvre les boîtes d'encaustique, l'escabeau se promène devant les fenêtres dont les vitres sont d'abord opacifiées pour atteindre ensuite à la transparence. Toutes les odeurs de la propreté, de la méticulosité issues de l'eau de Javel, de l'ammoniaque, du vinaigre, du savon noir, de la cire, de l'alcool à brûler jusqu'à celle, plus subtile, du linge qu'on repasse, errent dans la maison qui se retrouve à la tombée du jour comme lavée de notre présence à tous, vide de vivants. Je suis alors chaque fois prise de frissons et de nostalgie. Cette phase-là, jamais, ne pourrait se produire à Rosières-aux-Salines où ma grand-mère fait ce qu'elle peut jour après jour, en plus du travail aux champs. Ainsi les choses ont-elles le temps chez elle de s'adapter doucement au roulement débonnaire de la propreté.

Si mon père est présent, la journée commence dans le désordre parce que le pain du petit déjeuner selon lui doit être grillé, ce qui complique tout à cause des allées et venues entre la cuisinière et la table. Avec ses velléités permanentes de réformer le monde, papa a toujours un nouveau thème à exposer. Maman, qui n'a pas faim ces matins-là, s'enfuit souvent lorsqu'il en est encore à sa seconde tartine. C'est moi l'oreille, et ma nature non passive réagit fortement à certaines de ses affirmations. Il affectionne particulièrement le discours sur l'inégalité. Il est inutile à ses yeux de s'engager dans tout mouvement social ou dans toute lutte politique car une utopique égalisation des chances au départ aboutirait nécessairement à l'inégalité, la plupart des humains perdant, négligeant leurs chances en route. Il connaît son propre parcours. Si, entre la condition de son père et la sienne, il n'y a pas de commune mesure — ce qui s'explique aisément —, il n'y en a pas non plus entre celle de certains de ses frères et la sienne. Démonstration simple qui lui paraît suffisante. S'il connaissait l'expression « C.Q.F.D. » il l'emploierait bien souvent, cela est sûr.

Lorsque l'Angleterre s'est effacée en Inde, une des grandes joies de ma classe de cinquième, papa n'a pas manqué de faire l'éloge du système colonial et de déplorer l'effritement de l'Empire britannique, car pour lui l'ordre compte avant toute chose et de toute évidence les pays d'Europe ont le génie de l'ordre et de la rentabilité. Et maintenant l'Inde... avec tous ces rêveurs... C'est ainsi que, fait après fait, je découvre mon désaccord profond, si grave, je le sais déjà, que parfois avant le terme d'une discussion épuisante, il m'arrive de me détourner, de couper court parce que ce que j'aurais à dire serait trop dur à entendre. Ce dont ensuite je me repens comme d'une lâcheté. Ce n'est pas à moi-même que j'ai mal mais à tous les êtres qu'il me semble contenir par mystère et chaque fois je les rejoins en un lieu sans repères visibles qui a bien plus de force d'existence que la maison de mes parents.

Grandes vacances, que seraient-elles s'il n'y avait les vergers ? Quand je reviens à Mattaincourt en octobre, j'entends les autres raconter leurs voyages, leurs séjours à la mer. Seules les paysannes, les vraies, sont allées aux champs et je me sens plus proche d'elles qui se sont souvent levées à l'aube pour conduire les vaches au pré, qui ont fané le regain et n'ont eu que l'ivresse de la bicyclette sur les routes des Vosges. Car l'institution de Mattaincourt, à quelques kilomètres de Poussay où Mère Alix changea une grange en école, en tant que berceau de l'ordre des chanoinesses de Saint-Augustin (avatar solennel de la frêle épopée des débuts !), se fait un devoir d'accueillir des filles de classes sociales très différentes ; un vent de simplicité y souffle alors qu'il en va tout autrement de ses filiales. Tout le monde connaît « Les Oiseaux ». Au cours de ma quatrième, l'occasion m'a été donnée d'observer cette immense différence.

Mère Alix, de Vénérable qu'elle était, a été proclamée Bienheureuse. Ces degrés subtils, cet escalier de la sainteté, me semblent avoir été institués par un esprit bureaucratique et superficiel, il faudra encore du temps, encore des preuves pour que Mère Alix soit considérée comme une sainte bon teint alors qu'elle est morte depuis si longtemps et que l'élan simple, total, qu'elle a eu, elle ne s'en est jamais détournée, elle l'a au contraire intensifié. Cela ne suffit-il pas ? Non, il faudra trois miracles sur le lieu même de son tombeau que l'on vient de retrouver, destin hasardeux des constructions anciennes, dans la cour intérieure d'un immeuble, à proximité d'un club de jazz, à Nancy, où Mère Alix est morte dans un monastère qu'elle avait fondé. À Mattaincourt, lieu de l'origine, des festivités de trois jours ont rassemblé des moniales et des élèves de toute la France et des pays proches. Là, dans les intervalles entre les cérémonies, au cours des repas, des promenades, j'ai compris à quel monde j'appartiens par ma présence active et heureuse mais aussi combien, en grande partie, je lui échappe. Je ne peux plus m'ajuster à la maison de mes parents mais je n'ai pas envie de m'insérer parmi ces jeunes filles, d'adopter leur langage, leur genre, et seules les religieuses me paraissent vivre dans une sorte d'universalité acceptable que ne marquent plus la noblesse ou la très grande bourgeoisie. J'ai décidé de garder ce qui me convient et d'ignorer le reste. Les trois jours de fête accomplis, j'ai retrouvé avec délectation le silence sous les tilleuls et la concentration dans le travail.

Une fois, cependant, mes grandes vacances ont été différentes. Non que mes parents se soient décidés à voyager. Je n'ai toujours pas vu la mer, elle reste en réserve de désir. Mais à la fin de ma quatrième, la Mère préfète a décidé que je ferais l'économie de la troisième et passerais directement en seconde, à condition de travailler à Mattaincourt durant deux mois d'été. J'ai accepté avec joie et c'est ainsi que j'ai perdu, sans les regretter, les compagnes de mes trois premières années, et que je me suis retrouvée dans cette pièce petite, ensoleillée, aux murs doublés de vitrines dans lesquelles tombent en poussière, doucement, toutes sortes d'oiseaux naturalisés, où flotte, persistante, une légère odeur de formol, lieu bizarre pour une salle de cours.

Une rupture s'est faite, profonde, avec cette année d'avant où dans l'angoisse j'ai glissé vers mes quinze ans. Il est vrai que je communiquais mal avec les élèves de ma classe, en quatrième. J'étais constamment préoccupée par ce qui agitait mes parents. Les jours de vacances, les jours de ma jaunisse, m'avaient ouvert les yeux sur un drame réel. Je voyais comment un homme infidèle, par mauvaise conscience ou par dégoût de se sentir incompris, peut être violent, injuste avec sa femme, et comment une femme, totalement déçue, peut se transformer en victime. C'était atroce. Le monde de Mattaincourt, avec sa rigueur calme en contrepoint, rendait plus douloureuse encore ma blessure. Malgré ma compassion, c'est en ces jours-là que j'ai pour toujours quitté en esprit la maison de mes parents et que s'est dressé en moi le désir de vivre à l'inverse d'eux. Inquiète, je me tenais en retrait parmi mes compagnes et leurs propos, leurs intérêts étaient futiles à mes yeux. Je me levais et me couchais dans un état de souffrance, de désarroi que mon corps réfléchissait à mesure. Seule Marie-Claire Pichaud, de laquelle émanait un silence profond, émergeait du groupe. Elle était arrivée à Mattaincourt en cinquième en 1946, et avec quelques autres nouvelles s'était jointe à notre classe. Dans le mouvement d'une rentrée, on ne voit pas tout ce qui change, on ne repère pas d'emblée les absences, les arrivées. Mère Marie-Paule, en m'embrassant, m'avait annoncé la mort de Mère Marie de l'Incarnation et j'étais sous le coup de cette nouvelle. Avec la peine qu'engendre toujours le « trop tard », je réalisais que cette Mère encore très jeune nous donnait ses cours sans aucune défaillance perceptible, alors qu'un cancer du foie était bien près de l'emporter puisqu'elle était morte en août.

En classe, le lendemain, tandis que Mademoiselle Ferté nous lisait *Les Cadets de Saumur*, j'avais remarqué le visage de Marie-Claire Pichaud. Visage étroit où vivent intensément les yeux. Tout au long de l'année j'avais aimé sa bonne humeur, son silence parfait. Non qu'elle ne parlât jamais, simplement sa voix était là, claire, distincte, hors de tout bruit superflu. Bien qu'elle fût l'une des plus jeunes, une compétition serrée s'établissait entre nous, ce que j'appréciais fort car j'avoue n'avoir jamais rien compris aux mauvaises élèves. Quand est venu pour elle le moment de faire sa communion solennelle, elle venait d'avoir douze ans, j'ai chanté, avec la maîtrise à laquelle j'appartenais, dans les deux cérémonies du jour. Du haut de la tribune, j'ai regardé sa mère, le renard bleu qu'elle portait sur les épaules, son père dans sa distinction distante, son frère aussi frêle qu'elle mais plus assuré dans son maintien. Je me suis demandé quelle famille c'était, en vrai, dans une maison. Questions vagues, à peine formulées, affleurant au bord. Elle m'a donné une image-souvenir que j'ai glissée entre les pages de mon missel, à l'Ordinaire de la messe, pour la revoir souvent.

L'année suivante, en quatrième, je crois n'avoir vraiment vu personne sauf notre responsable de classe, Mère Élisabeth-Odile. Elle avait deviné l'angoisse en moi le jour où, poussée par une nostalgie insondable, je lui avais demandé si je pouvais l'appeler maman. Très émue, elle avait refusé. Une maman on n'en a qu'une et une religieuse, par définition, n'est

jamais une maman. Au plus fort de la crise entre mes parents, lorsque ma mère s'était réfugiée durant un mois dans un hôtel à la frontière suisse, emmenant ma petite sœur et, chose inouïe, laissant mon frère à des voisins, elle m'avait aidée en me parlant de la vie et en m'autorisant à lire des livres que l'on ne donnait pas aux élèves de quatrième. Cela m'avait fait du bien mais avait largement contribué à me séparer davantage de la classe qui voyait en moi une privilégiée à un titre incompréhensible. Je pense aujourd'hui que ces difficultés n'ont pas été étrangères à la décision de me faire sauter la troisième. Mon âge, mon travail, mon mal-être suggéraient un déplacement.

Il fut bienheureux. Dès le premier jour — nous étions peu nombreuses, quinze au plus, beaucoup s'étaient déjà perdues en route — j'ai su que Françoise Barloy serait mon amie. Je l'ai su dans son rire, dans ses yeux clairs, très bleus, et dans ce que je devinai tout de suite de sa façon désinvolte et précise à la fois d'adhérer à la vie. Nous avions exactement le même âge (j'avais dix-huit jours de plus), elle aussi avait engrangé des kilos en trop et comme moi n'en voulait à aucun prix. Elle arrivait à Mattaincourt, découvrait tout avec un regard proche du mien. Nous n'avons pas perdu un seul jour pour l'amitié. Nous nous sommes parlé, nous nous sommes soutenues en toutes choses, jamais l'une n'avait besoin d'explication sur la conduite de l'autre, le malentendu ne pouvait se glisser nulle part.

Elle, seulement, m'a vraiment guérie de ce mal familial qui me collait à la peau.

Matinées ensoleillées dans la petite classe de seconde. L'aigle nous fixe de ses yeux impassibles. Nous commentons Montaigne. Je jauge ma vie à la lumière de Pascal, la littérature est ce grand flot qui monte autour de nous. Le vieil abbé Bourguignon, personnage torrentiel qui manque emporter la table à chacun de ses mouvements, nous jette au visage les vers de *Tannhäuser* et de *Lohengrin*, son enthousiasme pour Wagner ne connaît aucune limite, il a vu *Parsifal* à Carnegie Hall et la commotion dure encore. Quand les vagues se calment, bien qu'il soit notre maître en allemand, il ne résiste pas à toutes les raisons qui le pressent de nous dire, de sa voix inoubliable, la troisième strophe du poème de Mallarmé, *Le Guignon*. Vieil homme fou, sublime, surveillé par l'Église, ligoté par des règlements intolérables à ses yeux, il enseigne ici, dans les grandes classes, parce que les Mères, qui n'ont rien de timoré, choisissent des cours passionnants plutôt que des cours endormis. Bientôt il est chargé de l'anglais, et tant pis s'il est incapable de s'ajuster à notre niveau réel, Shakespeare par lui est vivant, que dire de plus ?

Depuis plusieurs années, j'écris des poèmes. L'immense salle d'étude, autour, vit dans un silence imprégné de légers bruits. Mis à part les élèves de sixième qui, pour apprendre à maîtriser le travail entre les cours, étudient dans leur classe propre, toutes les élèves sont rassemblées là, regroupées selon leurs horaires respectifs. C'est pourquoi le silence est profond et approximatif tout à la fois. J'ai une certaine joie aujourd'hui, des années plus tard, à évoquer ce silence. C'est le terreau. Un silence plus complet ne serait peut-être pas aussi générateur. Ou peut-être prend-on ce qu'on trouve et ce qu'on a pris devient l'allié de ce qu'on en fait à mesure. Je ne sais pas. Sur ce fond de silence relatif, à intervalles réguliers comme je l'ai dit, la psalmodie des offices. Mais si les portes sont bien fermées, la perception qu'on en a devient plutôt une sensation. Quelque chose d'essentiel s'établit que je ne songe pas à nommer mais qui me traverse : la puissance, l'alchimie de la répétition. Bien avant ce que je pourrai en lire, de Kierkegaard aux textes orientaux, je vis la répétition dans mon corps, je l'éprouve par tous mes sens à la fois, au cours de journées vertébrées. En même temps, cette rigueur, cette concentration sont si sensuelles qu'il m'est impossible, à moi telle que je suis faite, de ne pas écrire des poèmes. Je ne l'ai pas décidé, ne l'ai pas choisi. C'est ainsi. Cela a dû se produire au cours des premiers mois de ma cinquième. C'est un acte qui m'est nécessaire et dont je ne parle à personne. C'est ma façon d'adhérer à cette répétition qui me fascine, de passer derrière.

Françoise Barloy sera la première personne à laquelle je les ferai lire. Par un détour incompréhensible à mes yeux aujourd'hui, je signe ces poèmes — chacun d'eux — F. M. Ce sont les initiales d'un nom inventé qui réunit quelque chose de mon nom et de celui d'André Matte. Francine Mattéo. Quand je vais à Audun-le-Roman, je ne vois que très rarement André Matte. Il est entré au noviciat des Pères du Saint-Esprit et a perdu toute spontanéité envers moi. Nous avons des rencontres compassées comme il convient entre gens sérieux qui croient en Dieu. Mais les deux initiales de mes poèmes laissent supposer qu'une blessure couve en dessous, que tout n'est pas clair. Ces poèmes, que j'ai détruits il y a une dizaine d'années, ne sont pas des épanchements. Ils témoignent d'une certaine distance avec les événements, abusent de la métaphore mais l'emploient toujours pour définir une situation en profondeur, pour relier cette situation à un ensemble plus large, plus englobant, comme si mon souci, en ces années-là, était de trouver ma place dans un monde que, par ailleurs, je juge sévèrement. Je me souviens d'un poème dont le titre était « Misereor super turbam » (J'ai pitié de cette foule). C'est une attitude assez étrange pour une jeune fille.

Le grand reproche qu'on peut faire à l'éducation de Mattaincourt, c'est de pratiquer une prudence excessive dans le prêt des livres de la bibliothèque. Bibliothèque sans enfer, cela va de soi. Parmi les livres que j'ai eu, par exception, le privilège de lire en quatrième, figurent *Premier de cordée* ou certains romans de Maxence van der Meersch. Cela donne une idée du retard où par erreur on veut nous maintenir de bonne foi. Je ne suis pas d'accord avec cette méfiance et je tiens tête bien souvent. Mère Marie-Réginald, si novatrice pourtant et qui transformera complètement les conditions de travail et d'internat, soutient que je ne dois pas lire Sigrid Undset, D'Annunzio ou Giono. Je ne cède pas, je me bats pour chaque livre et je les obtiens tous. J'élargis mon combat vers la fin de la seconde, je deviens bibliothécaire parce que je veux faire changer la mentalité sur ce point capital et j'y parviens en partie. Les autres profitent enfin de mon obstination. Je découvre Claudel, Bernanos, Mauriac, Baudelaire, Rimbaud. Prendre part à un cours de littérature appartient corporellement à ce flux, n'est à aucun moment exercice scolaire, devoir d'État. Si un examen sanctionne mes connaissances en fin de parcours, cela se fera par surcroît. L'idée même d'un programme en littérature, je la relègue au rang des choses privées de sens, alors que je peine désormais en mathématiques, en physique, en chimie et que je dois m'obliger à m'y intéresser. Le résultat, mauvais ou médiocre, s'en ressent.

La musique, elle aussi objet de passion, culte célébré dans des conditions invraisemblables, accroît le champ. Sur le moins mauvais des pianos, dans la salle à manger des professeurs — laboratoire de chimie inutilisé et sans doute inutilisable, lieu inadapté, s'il en est, à l'idée même de repas —, Mère Noël-Marie joue l'*Appassionata*, la *Pathétique* et une curieuse musique qui ne nous convainc pas encore, les *Gymnopé-*

dies. Elle dit : « Mais si, un jour, vous entendrez cette musique, soyez attentives à elle », et elle ne se trompe pas. Un jour, Satie est présent, de plus en plus présent, il est là comme la lumière rasante du soleil couchant sous les tilleuls. Il est insistant comme l'odeur des glycines.

Souvent, le dimanche, nous écoutons les concerts Colonne ou Pasdeloup retransmis par le poste incertain de Mademoiselle Ferté. Nous nous rassemblons à une vingtaine. Toujours Marie-Claire Pichaud vient. Et si l'on veut bien nous confier le phonographe à manivelle où la lecture des disques soixante-dix-huit tours se fait par des aiguilles d'acier et plus tard par des aiguilles de bois, alors nous possédons un territoire tremblant, triomphant. Teresa Stich-Randall chante le *Magnificat.* Mélusine se profile dans *L'Enfant et les Sortilèges* : « Toi, le cœur de la rose, toi, le parfum du lys blanc, toi, tes mains et ta couronne, tes yeux bleus et tes joyaux. Tu ne m'as laissé, comme un rayon de lune, qu'un cheveu d'or sur mon épaule... un cheveu d'or... et les débris d'un rêve. » Chaque fois je la guette, chaque fois je la reconnais. N'est-ce pas là son portrait ? Elle ne peut qu'effleurer la nuit lorraine mais tout est changé. Bach, Beethoven, Schubert, je ne sais pas comment les autres les entendent — je pressens seulement certaines écoutes —, ils sont ce qui prend ma vie et la met à la mer que je n'ai jamais vue.

Sans doute, en ces jours-là, je m'éloigne de mon terrain d'origine. Les paroles de mes grands-parents, leur cuisine obscure, la longue table contiguë à l'autre, ronde, dans la salle à manger de Rosières-aux-Salines, où nous nous asseyons encore ensemble, nombreux, certains dimanches d'été, le cimetière en pente où je m'arrête devant la tombe en mosaïque de mon frère auquel je parle sans paroles, sans voix, comme l'habitude m'en est venue si tôt, tous ces signes reculent, se font moins pressants, moins nets. Les vergers, à mes yeux, ne possèdent plus autant de profondeur, les rangs des vignes sont plus courts. Il m'arrive de m'isoler pour lire. Si l'on me parle de ma vie « là-bas », ce que je peux en dire clairement constitue une part si maigre que je renonce vite à donner des détails qui ici paraîtraient incongrus. Ce qui compte pour eux tous, ce sont les études, c'est le but, et entre ces murs-là, l'espoir d'une réussite qui se fera, en somme, au nom du groupe, revêt un sens tout différent, émouvant, fragile. Je suis la première qui ouvrirai une certaine porte, qui aurai accès à un monde dont ils ne savent rien et dont l'image restera pour mes grands-parents celle des patrons de la cristallerie et celle des riches familles juives de Rosières-aux-Salines. Tout le reste gît dans des livres qu'ils ne lisent pas, sous des titres qu'ils ignoreront toujours. Livres-tombeaux. « Ah ! Lolotte ! celui qui t'aura ne sera pas volé... », répète mon grand-père dans une espèce de soupir-sourire. Ce à quoi Léonie-Cécile rétorque, dans le souci de préserver un bien qu'elle estime précieux, par son sempiternel : « Lolotte, méfie-toi des galants ! » Ces deux conseils de base ne sont pas contradictoires. Ils m'indiquent le don et la vigilance. Je serai « prise » certes mais pas par n'importe qui. C'est, de façon très rudimentaire, définir ce que je pressens. Aussi, à la nuit tombée, quand la soupe trempe, que l'odeur du cerfeuil se faufile sous le couvercle soulevé par la louche, il m'arrive de regarder toutes ces assiettes encore vides, et dans l'éclairage de l'ampoule de soixante watts qui ne repousse pas l'ombre trop loin, qui se contente de la refouler avec douceur, je vois un homme, des enfants, et je suis avec lui, avec eux, et nous vivons une vie autre qui n'a de comptes à rendre qu'à l'amour. Et puis mes oncles, mes tantes, mes cousins s'assoient, la tablée s'arrondit autour de mes grands-parents, de mon père, de ma mère. Toutes difficultés internes en sommeil, comme aplanies, les couples se font face. La discipline fonctionne et seule Léonie-Cécile, dont le naturel regimbe, adresse des reproches publics à son mari Arsène si quelque souvenir vieux de vingt ou trente ans resurgit en elle à propos d'un détail immédiat qui lui déplaît. Et si le ton monte, si grand-père réagit fortement, soudain elle fait volte-face et lance un de ses fameux « Parle à mon derrière, ma tête est malade ! » qui met en joie toute l'assemblée. Alors je l'aime un peu plus de ne pas renoncer et je crois bien que grand-père le prend ainsi. Nous sommes en 1949. On parle de reconstruction, de dommages de guerre, de l'Indochine, tout le monde se ligue contre grand-père qui s'entête à lire *L'Humanité* et *La Voix de l'Est*. Même moi — à ma grande honte d'aujourd'hui —, parce que naïvement j'aimerais que le communisme qui veut prendre en charge les plus pauvres ne se sente pas obligé en même temps de nier Dieu. Oui, je voudrais que tout soit possible ensemble et mes parents me font souffrir avec leur anticommunisme dont l'origine me paraît suspecte, tout comme les communistes me font mal avec leur rejet méprisant du divin. Où se trouve donc la juste mesure puisque la doctrine sociale de l'Église que nous étudions avec grand sérieux à Mattaincourt me semble entachée d'un respect excessif envers les riches patrons qui ont la bonté de faire bâtir pour leurs ouvriers des cités telles que j'ai pu les voir de très près à Dombasle-sur-Meurthe ? Y a-t-il même une juste mesure ? Je ne peux pas suivre les cours de religion, ceux qui ont pour objet une encyclique célèbre, *Rerum novarum*, ceux où il est parlé de Léon Harmel, avec le sang-froid de mes compagnes. Je me souviens et je me dis que mon père qui a dormi comme le Petit Poucet dans des lits pleins d'enfants, qui n'a pu aller en classe au-delà de dix ans, ma mère qui a ciré les chaussures à treize ans, devraient se souvenir mieux encore et ne pas rejeter avec hargne, comme ils le font, les

« cocos », les « rouges ». Le discours de l'émancipation collective serait-il leur mauvaise conscience ? Car ils ont cherché à se sauver seuls, eux et leurs enfants. Maman ne raconte-t-elle pas avec fierté que sa mère, Léonie-Cécile, n'a pas accepté une seule fois que son mari fasse grève à la gare, que toujours elle l'a renvoyé au travail ? Léonie-Cécile, briseuse de grève... comme cela est indigne d'elle ! Trop de misère passée rend pusillanime et dangereusement respectueux. À Mattaincourt le communisme n'est pas apprécié, cela va de soi. Mère Marie-Réginald, au moment du déjeuner, nous fait part des principales nouvelles qu'elle puise dans *La Croix*, mais si la doctrine marxiste est repoussée au nom de l'Église, les communistes, eux, sont considérés comme sincères, généreux. La charité chrétienne étend sur eux son manteau. Tous ces grincements, je les entends, ils alimentent le questionnement incessant sur ma véritable place, ma véritable classe dans cet enchevêtrement, et parfois je sens qu'elles pourraient être ailleurs.

Sur les papiers à en-tête de mon père, le sigle des Biscuits Brun a remplacé l'immeuble d'angle de La Séquanaise. Il vend maintenant à ses clients une marchandise évidente au lieu de leur vendre du vent et de fallacieuses promesses. Il revient en quelque sorte à son vieux rêve de posséder une épicerie fine puisque les Biscuits Brun jouissent d'un certain prestige dans le monde des biscuits. Ma mère, malade, ébranlée par trop d'émotions, s'évanouit à tout instant dans la maison, dans la rue. Anne-Marie vient d'avoir six ans, Pierre onze ans, et je commence ma classe de première. Je traîne un corps trop lourd encore à mon gré mais je sens maintenant que c'est un état provisoire. À Mattaincourt nous vivons des changements exaltants. Les élèves de philosophie et de première habitent désormais dans une maison séparée, chacune de nous occupe une vraie chambre dotée d'un lavabo à eau froide et chaude, d'une armoire, de rayonnages pour les livres, d'un lit et d'une table de travail. Les chambres sont disposées autour de deux vastes pièces où le soir et à certaines heures de la journée nous pouvons nous réunir, parler, écouter de la musique, vivre sans but précis. Plus de salle d'étude commune, le travail individuel se fait dans les chambres. Les cours magistraux supprimés, nous avons accès à des fichiers soigneusement mis au point qui nous renvoient à des documents et aux livres dont nous avons besoin. Le programme du baccalauréat, divisé en tranches de travail régulièrement contrôlées chaque quinzaine par des épreuves, doit ainsi être absorbé de façon naturelle par chacune, à son propre rythme. Cette méthode américaine, dite Plan Dalton, préfigure le travail universitaire et constitue, nous dit-on, une excellente transition. Un vent expérimental de liberté souffle dans les couloirs vénérables. Nous pouvons sortir par petits groupes dans la campagne et dans les rues étroites de Mirecourt, notre correspondance est entièrement libre et celles qui le désirent peuvent, tous les quinze jours, aller voir leurs parents. La vaisselle se fait en commun, Révérende Mère et Mère préfète en tête.

En première nous ne sommes plus qu'une poignée et je suis surprise que tant de mes compagnes n'aient pas persévéré. Je me doute qu'il doit en être ainsi au cours de la vie, que le vrai tri s'accomplit par la durée. Commencer ne demande pas d'aptitudes particulières mais s'enfoncer dans la durée, se soumettre à son alchimie, l'aimer, en prendre les marques sur le corps, exigent de la passion. Je ne pourrais pas le dire aussi nettement mais je commence à le deviner, à le sentir. Certains soirs, au lieu de prier dans ma chambre, je me rends à la tribune de la chapelle. La nef, plongée dans l'ombre où seule brille la lampe rouge du chœur, vue de cette hauteur, se referme sur elle-même, se sépare du monde actif. Là, dans le silence complet, toute cérémonie éteinte, bien mieux encore que dans les neumes du chant grégorien, je me sens proche d'un centre, d'un cœur que je nomme Dieu. *O Deus, ego amo Te, nam prior Tu amasti me* (Ô Dieu je T'aime parce que Tu m'as d'abord aimée), dit un chant. Sans parole, sans demande particulière, je reste là et cet état contient ma prière. Il arrive que je me trouve à cette tribune au moment où les deux sœurs converses de la cuisine, sœur Gertrude et sœur Dominique, dont la tâche est loin d'être achevée après le repas du soir, viennent finir à la chapelle leur dure journée. Elles brillent d'un éclat particulier dans la pénombre à cause de leur voile blanc. Ce sont des femmes courageuses, joyeuses, sans le moindre côté infantile. Invariablement, après un temps d'oraison dont on devine qu'il ne s'arrête pas là, elles ont ce geste bouleversant : elles se prosternent et baisent le sol avec une lenteur, une concentration qui me parlent mieux de la profondeur cachée, invisible, de leur vie, que n'importe quel traité spirituel. Tout le monde les a sans doute oubliées, les gens de leur village (je les imagine d'origine paysanne), leurs voisins, leurs amis d'enfance. Elles ont effacé autant que possible leur personne, elles sont converses — on n'a pas attaché à leur nom de religieuse l'évocation d'un mystère comme l'Incarnation, la Résurrection, la Nativité —, servantes dans la durée des choses, vouées aux choses. Et je me souviens de Léonie-Cécile ma grand-mère, et je me souviens des choses qui sont multiples, étonnantes, indispensables, qui sont comme une route où nous devons marcher si nous ne voulons pas devenir une tête sans corps.

Parfois je me demande ce qu'auraient été ces années d'études dans un lycée, assorties d'un retour quotidien à la maison. Mon frère, ma sœur ne seront pas internes, ma mère ne pourrait se résoudre à les éloigner d'elle. À l'inverse, il a toujours été préférable pour elle, pour moi, que je sois ailleurs, que je sorte du champ. Il semble que je manque à mon père mais, par sa profession itinérante de représentant, par son refus instinctif de toute sédentarité, il s'est mis lui aussi en dehors du champ. Rien, autour de moi, n'aurait stimulé le travail et encore moins ce qui l'englobe et lui est mille fois supérieur, la réflexion, l'imaginaire. Ici, à ma table, dans ma petite chambre aux murs ocre, j'apprends le travail solitaire. L'immense salle d'étude où les souffles étaient en commun, où parvenait la psalmodie des offices, où les pupitres s'ouvraient et se refermaient avec précaution, ce creuset dont l'odeur était celle de la mine de crayon, de l'encre, du papier et, aux jours d'été, de la sueur, les travaux exécutés durant les vacances l'ont divisée en pièces vitrées aux usages multiples. Si je relève la tête, j'ai devant moi le mur et à ma droite une fenêtre. Dans la trajectoire naturelle de mon regard se trouve un arbre. Un arbre très beau, un platane au moins tricentenaire. Il ne mange pas la lumière, il est à deux cents mètres au moins, de l'autre côté de la cour. Je dois me déplacer, me pencher légèrement pour voir la triple rangée de tilleuls sur ma gauche. Le soleil couchant et le platane se retrouvent chaque soir dans une gloire différente, plus lente en été. Si je me penche vraiment à ma fenêtre, je vois le noyer, sans doute aussi vieux que le platane mais bien plus proche, à droite. Je suis attachée aux arbres, ils comptent pour moi. Un lieu où les arbres tiennent une vraie place, je le sens comme un lieu vivant d'une vie plus vaste que la mienne et qui me porte. Expérimenter ce silence, cette solitude dans la lecture ou dans le travail pendant ma dix-septième et ma dix-huitième année constitue en soi un privilège qui n'a pas de prix. Je l'écris longtemps après mais tout de suite je l'ai su. Même mon amitié avec Françoise Barloy en est fortifiée car aucun temps n'est perdu dans l'insignifiance et mes amitiés d'aujourd'hui s'accommoderaient mal de mondanités effilocheuses. J'ai acquis très tôt un besoin viscéral de silence et la solitude, contrepoint de l'amour, m'est indispensable. Dans cette chambre aux murs ocre, j'écris.

Désormais nous pouvons librement aller dans le jardin mi-potager, mi-floral, que j'ai tant convoité. Peut-être les Mères ont-elles, un matin, jugé excessive leur interprétation de la Règle ? Dans le minuscule cimetière aux tertres à peine bosselés où les myosotis se mélangent à la verveine dans un bruissement d'insectes, la vie, la mort se touchent plus et mieux qu'ailleurs.

On pensera : quelle austérité ! mais moi je dis non. L'austérité c'était avant, dans les premières années. Maintenant, ici, je vis bien plus librement que je ne vivrais à la maison. Le temps des vacances me renseigne. Pour ma mère, pour mon père, sortir dans la ville sans raison précise, c'est se mal conduire. Il est inconcevable à leurs yeux de flâner dans une librairie ou de boire une boisson froide à une terrasse. La place Stanislas sur une petite moitié de son périmètre est bordée de cafés. En passant je les regarde. Leurs marbres, leurs glaces reflètent les grilles de Jean Lamour. Par les soirées tièdes, si rares en Lorraine — et par soirées, naturellement, j'entends la fin de l'après-midi —, j'y vois ces hommes, ces femmes qui possèdent cette nonchalance naturelle, cette élégance non apprise dont je me demande d'où elles peuvent leur venir. La fraîcheur, elle m'est accordée par la fontaine d'Amphitrite, par l'eau qui rejaillit sur le bord arrondi et moussu de la vasque. Cette place souverainement ordonnée ne me repousse pas, ne m'écrase pas et cependant elle demeure comme inaccessible, je fais des détours pour la voir, j'essaie de la surprendre par chacune de ses six entrées et toujours je me heurte à sa blancheur, à sa noblesse distante. Je me souviens que lors de mes incursions dans la ville, au temps du conservatoire, je n'osais pas descendre jusqu'à elle. Même ses sœurs, la place de la Carrière, la place d'Alliance, pourtant adoucies par des arbres, m'intimident aussi. Place de la Carrière habite Pascale Lorrain. Elle était en seconde avec moi l'année dernière. Son père est avocat. On dit qu'un malheur s'est abattu sur leur famille. Pascale et Thérèse, sa sœur aînée, ont quitté brusquement Mattaincourt. Nous partagions les repas, nous marchions ensemble, nous chantions ensemble, mais une force m'empêche d'aller sonner au portail double de leur hôtel particulier sur cette place superbe où aucun magasin n'a jamais osé s'installer. Je n'imagine pas Pascale m'invitant chez elle et je ne la vois pas davantage entrer dans notre maison. Nos deux états sont cloisonnés. Ici, derrière les façades nobles percées de hautes fenêtres, vivent des gens d'un autre monde que le mien. Je devine des salons aux tentures épaisses, aux meubles dont je ne saurais situer les époques parce que les styles schématisés dans les livres d'histoire sont des dessins abstraits, trop petits. Je n'ai vu que les parloirs de Mattaincourt où je vais rarement. Plus tard j'entendrai dire qu'à Nancy la bourgeoisie est fermée et je me souviendrai alors de la réserve naturelle des maisons du cœur de la ville, ce cœur résistant aux gens du pourtour habitant une zone extensible et qui s'est étendue dès après la guerre, augmentant ainsi son indétermination. On ne peut rien à cela, une ville se serre autour du passé et gardent le passé ceux qui le connaissent.

Mes parents n'ont rien à préserver. Avoir franchi les vingt-cinq kilomètres qui les séparent du lieu de leur enfance où ils ne possèdent aucune racine lointaine, pour s'implanter en bordure d'une grande ville, représente une volonté d'émancipation sociale immense. Cet effort les occupe encore entièrement. Une grande aisance d'argent règne à la maison mais elle ne se traduit pas dans les détails quotidiens. La nourriture seule est privilégiée à une table largement ouverte, et maman fait couper les vêtements sur mesure. Je sais aussi que mes parents prêtent volontiers, qu'ils aident sans réticence quand ils sentent un besoin proche d'eux. L'argent est leur seul luxe. Tous les deux ont en commun une légère et touchante inadaptation à cet argent qu'ils savent par ailleurs très sûrement faire fructifier. Mais les couverts usés où le jaune du ruolz apparaît, ni l'un ni l'autre n'a l'idée de les remplacer et comme, toujours aussi sensible aux odeurs et aux goûts, je m'en plains, on me demande si je me prends pour une princesse. Il faut manger son pain noir avant son pain blanc, dit mon père, ou bien les petits ruisseaux font les grandes rivières. Quand il frotte une allumette, il l'éteint vite et il la conserve dans un couvercle pour qu'elle transporte la flamme d'un brûleur à l'autre. Ainsi devons-nous tous agir dans la maison.

Et pourtant — est-ce le signe avant-coureur du pain blanc ? — il y a eu des vacances, une fois, pour maman et nous trois dans un village des Hautes-Vosges. Et après ma classe de seconde, mes parents m'ont même permis d'aller pratiquer un peu la langue allemande à Offenburg/Baden durant un mois avec cinq de mes compagnes, chez des chanoinesses, filles d'outre-Rhin de Mère Alix, il est vrai ! C'est ainsi que Françoise Barloy a pu m'apprendre à nager dans la piscine d'Offenburg car mes essais très espacés dans la Meurthe, à Rosières-aux-Salines, ne m'avaient procuré que du plaisir. Quand on se baigne, très peu souvent dans une piscine et trois fois par an dans une rivière, c'est un miracle de dériver bien à plat, sur le dos, les oreilles emplies de rumeur, cela dénote déjà un certain désir de faire corps avec l'eau.

Un matin de printemps, alors que je m'acharne sur une version latine, une force impérative m'oblige à m'agenouiller dans un coin de ma chambre et à prier pour Madame Derlon. Le lendemain une lettre de ma mère m'apprend sa mort à l'heure exacte où j'ai été arrachée à mon travail. La coïncidence me trouble profondément mais ne m'étonne pas. Depuis « ma » nuit des temps, les arrêts devant la tombe de mon frère, les visites clandestines à la fosse commune et plus tard les séances d'observation mêlées de rêveries dans le cimetière de Préville, je crois sentir que seuls les corps meurent. Certes on m'apprend que la vie éternelle nous attend mais ce n'est pas d'un savoir qu'il s'agit. Je n'oublie pas le rêve prémonitoire du corps en cendres de mon cousin Pierre. Madame Derlon que j'ai vue s'enfoncer dans l'immobilité puis dans le tremblement de tout son pauvre corps, même couchée, puis dans le cancer, figure de douleur, figure de patience, douceur en larmes, que j'accompagnais, petite, de mes lectures enfantines et plus tard d'une écoute silencieuse coupée parfois de quelques paroles si pauvres, si inadéquates que j'avais honte de les prononcer, est morte dans son corps en me faisant ce signe en esprit, d'un lieu sans bords.

La mer, je la vois enfin en septembre 1950. Je la vois des fenêtres d'un train. Entre les tunnels je la guette, dès le moment où le train longe la côte italienne je ne m'assois plus. La mer, le Sud. Une lumière que j'imaginais mal. Ce voyage récompense mon succès à la première partie du baccalauréat. Grâce à cette réussite — qui dans notre famille prend un relief disproportionné — j'entre dans Florence, j'approche Fra Angelico dans les cellules chaulées de San Marco, devant la place de la Seigneurie je demeure interdite. Dans un étroit périmètre je découvre la pierre, le marbre, et si la pierre de Florence m'ouvre au monde de l'architecture et de la rigueur, les grenats, les verts, les blancs du marbre m'initient à la splendeur. Une vibration faite du bleu et de l'or des mosaïques m'isole, m'empoigne, me lie à cette ville que je n'ai, depuis, jamais revue. À Rome, la rue me réveille et je suis plus attentive aux pastèques, aux olives, qu'à la colonnade du Bernin. Ici je ne peux pas comme à Florence oublier le pèlerinage national de la J.E.C. pour l'année sainte, il s'impose et je me coule dans le grandiose des cérémonies accordées au gigantisme délirant de Saint-Pierre. Sans ce pèlerinage, je ne serais pas là puisque mon père et ma mère ne songent pas plus à franchir une frontière qu'à me laisser voyager seule. Peu importe le prétexte, je suffoque dans la différence, les détails me submergent, les images qui me parviennent sont comme découpées dans du métal. Trente ans plus tard, je les retrouve en moi, intactes. Au retour, la douceur d'Assise et des collines de l'Ombrie m'avertit très secrètement que c'est d'un lieu semblable que j'ai besoin pour vivre. La plupart des poèmes que j'écris ensuite, pendant un long temps, portent la marque de ce voyage. Dans ma fixité lorraine, quelque chose est arrivé.

Comme tout le monde j'ai caressé une certaine idée de moi-même dans le futur. Vers la cinquième j'ai pensé sérieusement que je serais médecin. Ensuite, devant ce que m'apportait l'acte d'écrire des poèmes et ne pouvant m'imaginer privée de cet acte, j'ai décidé de devenir écrivain-médecin. Comme Duhamel dont j'admirais *Cécile parmi nous* et *La Possession du monde.* Mon père, en tant que chef de famille, en a aussitôt conclu qu'il aurait une fille médecin, éliminant de mon avenir toute littérature inutile. Et voilà que, juste avant ma rentrée en philosophie, je lui confie qu'il serait malhonnête, intellectuellement, de songer à la médecine, parce que mon niveau en mathématiques, physique, chimie est moins que moyen et que briller en sciences naturelles ne suffit pas. Aussitôt il se sent trahi. Nous avons tous deux une violente discussion au terme de laquelle il menace de m'envoyer faire ma philosophie ailleurs, de préférence dans un lycée, loin d'idées aussi pernicieuses. Mais il sent mon chagrin et je reviens pour ma dernière année à Mattaincourt.

Dans l'automne déjà bien avancé de 1950 j'écris à mes parents de longues lettres sur l'amour conjugal. Parfois je lève la tête et je regarde l'arbre, le platane aux feuilles qui faiblissent mais que soutient le soleil couchant. À cause de nous, les enfants, à cause du petit empire de possessions qu'ils ont arrangé autour d'eux, mes parents vivent encore ensemble et leur ardeur à se combattre laisse penser qu'ils continueront. En un sens cela me rassure mais en même temps cela me déçoit. Je voudrais que vivre ensemble ne soit que par l'amour. L'amour, je n'ai fait qu'y penser. Je sens que de ce côté-là doit se situer le basculement fondamental, mais comment en persuader ces adultes qui sont mes parents ? Le sentiment de mon insuffisance s'incline pourtant devant mon désir d'amener deux personnes qui me sont si étrangement proches, à espérer de nouveau. Il y a bien eu un élan, un jour ? Que s'est-il passé ? Maintenant que le drame s'est apaisé, que la lave a durci, je voudrais comprendre. L'arbre me dit que je ne le peux pas. Le sort de mes lettres ressemble à celui des poèmes que personne ne lit. Mais j'écris ces lettres et j'écris des poèmes aujourd'hui.

Nous sommes sept à présent. Sept aux pieds d'Aristote qui sépare la matière de la forme, l'existence de l'essence. Des mots autres envahissent le champ. Toutes les raisons qu'il y a de s'interroger, de réfléchir aux situations sont contenues dans la pensée de ceux que, matinée après matinée, nous découvrons. Mère Noël-Marie nous laisse d'abord face aux textes, elle n'intervient qu'après, lorsqu'une saveur, un goût inimitable est passé. Le manuel de philosophie, consulté en dernier lieu, aussi peu que possible, reste posé sur une étagère à côté du dictionnaire Lalande.

Je touche là à un état qui a décidé de ma vie. Le jour où je lis *Le Banquet* est un jour majeur et j'aimerais connaître tous ceux pour lesquels ce dialogue a compté vraiment comme si les paroles, passant les siècles, étaient prononcées ici et maintenant. Il y avait eu Pascal déjà dont l'édition Brunschvicg ne me quitte pas. Mais, chez Platon, le corps intégré dans la connaissance et l'amour ne sent pas encore peser sur lui la méfiance chrétienne. Il est ce qui aide à franchir les degrés. Je regarde mes compagnes. Tant de vie commune nous a fait nous connaître assez bien et pourtant je ne sais rien de leur adhésion. Seule Françoise Barloy partage avec moi ce qu'elle ressent. Nous prolongeons nos séances d'étude en marchant au milieu des champs ; le sujet des dissertations, leur contenu projeté, nous en discutons passionnément. J'entame ma deuxième année de vie avec elle et j'apprends que l'amitié possède un bien plus grand pouvoir que le temps pour mettre en présence les êtres. Le temps à lui seul n'ôte pas ce sentiment léger d'étrangeté que l'autre, s'il n'est pas votre ami, déclenchera toujours en vous. Toujours quelque chose en vous s'étonnera d'un détail, d'une certaine façon qu'il a de prononcer les mots, de sa voix, de ses regards coulés, de son maintien. L'habitude de le rencontrer ou de vivre avec lui n'atténuera en rien les remarques intérieures que vous vous ferez. C'est un autre que vous aimez bien, que vous connaissez bien. Ce n'est pas un ami. L'ami, vous savez tout de suite qu'il sera un ami. Ici le temps n'intervient pas, vous n'avez pas à vous habituer à un autre. Bien que l'ami ne soit pas vous-même, il n'est pas non plus un autre. Il me semble que dès la première rencontre vous saisissez tout de lui et que l'idée ne vous vient pas de vous en étonner. Il me semble que vous prenez tout de lui, en bloc, et que ce qui sera détaillé ensuite donnera lieu à un surcroît d'amitié. Tout cela fonctionne avec une parfaite injustice et marche merveilleusement bien. Ainsi en est-il avec Françoise.

Un jour que, dans la salle commune, nous lisons la Bible, nous en arrivons à ce passage de la Genèse qui contient l'histoire de Sodome et de sa destruction. Nous nous regardons étonnées. « Cela » est-il possible ? « Cela » existe-t-il ? Si la Bible le dit... Je ne crois pas que cette découverte nous trouble et, pour ma part, j'oublie.

Dernier hiver à Mattaincourt. Je regarde, pour les emporter avec moi toujours, les arbres, la courbe des champs, le grand chemin détrempé entre deux forêts, cet endroit retiré, non loin des anciens fours à chaux, qu'on nomme la Chapelle ronde. Je regarde aussi ces personnes peu communes qui nous ont accompagnées et qu'on appelle, sans y prendre garde, des religieuses. Un soir d'il y a longtemps, comme je me tenais dans un couloir à attendre quelqu'un, passa une très vieille religieuse dont le nom était Mère Marie Stanislas. Si vieille qu'elle n'enseignait plus rien et vivait entre la chapelle et sa cellule. Elle me dit quelques mots au passage, et comme j'avais un livre en main elle me demanda ce que je lisais. Ce livre, *Les Cendres du foyer*, de René Winzen, m'avait enthousiasmée et je le lui dis, ajoutant : « L'avez-vous lu ? — Mon petit, est-ce que le nom de Notre-Seigneur y est inscrit ? — Non, ma Mère. — Alors c'est pour moi un livre inutile », et avec un sourire séraphique elle s'était éloignée. Mère Marie Stanislas gît aujourd'hui sous un de ces tertres couverts de myosotis et de giroflées au printemps. Cependant sa réponse, celle d'une personne confite en dévotion, appartenait peut-être, qui sait ? à un tout autre continent.

Celui justement, invisible, qui nous environne. Depuis six ans, je n'ai pas senti, je n'ai pas surpris une querelle de personnes. J'ai vu les Mères changer de ministère, de responsabilité, avec une égalité de comportement parfaite. Seule Mère Saint-Jean Bosco, qui aimait tant enseigner la physique et la chimie, n'a pas supporté d'être chargée de l'économat. Elle est tombée malade et a disparu. Tout cela ne s'explique pas par des raisons ordinaires. Les raisons ordinaires sont pulvérisées le jour des vœux perpétuels. À cette cérémonie, nous avons assisté au moins sept fois. Elle est fascinante, et ce qui se passe dans l'esprit de celle qui est étendue sous un drap noir tenu par quatre flambeaux funèbres, échappe à tout ce qui n'est pas d'ordre amoureux. L'ordre amoureux m'est inconnu mais c'est selon lui que je désire vivre. Peut-on faire un choix avant de savoir ? Oui, on le peut.

Ces religieuses, absorbées par leur vie monastique, nous conduisent sur un parcours. Sans tellement jouer de leur personnalité propre, ce qui serait contraire à l'idéal d'effacement, elles se tiennent là, disponibles, et nous apportent plus par ce qu'elles sont que par ce qu'elles nous disent. À leur insu, en quelque sorte. Comme il est improbable que sur une trentaine de religieuses toutes soient, après des années de profession, immergées dans cet ordre amoureux, que deviennent-elles en vrai ? Ici la maîtrise de soi est une vertu. Par osmose ou extension, on l'exige de nous et quelque chose me fait pressentir son utilité. Mais la question demeure : sous la maîtrise que se cache-t-il pour un certain nombre de ces religieuses ? Je ne pourrai que m'en douter beaucoup plus tard et, bien sûr, ce ne sera pas tout à fait une réponse.

Une fée, à ma naissance, a dû me vouer à la philosophie car les états visibles me sont toujours apparus comme des couvercles et toujours je me suis demandé « qu'y a-t-il en dessous ? ». Vers treize ans il m'arrivait de penser, quand, de la fenêtre d'un train, je voyais en pleine campagne une ferme isolée au milieu des prairies : ainsi les habitants de cette maison vivront là toute leur vie, rivés aux travaux des champs, cernés par les hivers, les pluies, sans attendre rien d'autre que des événements familiaux puis la mort, ignorés de tous. Je regardais la ferme se fondre dans l'éloignement de l'horizon et je me sentais partagée entre l'admiration et l'effroi.

Peu à peu je retrouve mon corps. Je suis à nouveau proche des sensations de mes douze ans et ce qui s'était accumulé se retire. Ceux qui n'ont jamais grossi, qui ne se sont jamais alourdis, épaissis, ne se doutent pas du plaisir que l'on éprouve à se retrouver léger. Malheureusement il m'est impossible de renouer avec la nourriture un lien simple. Le corps garde la trace des peurs et les larmes de ma mère, les évanouissements de ma mère, les colères de mon père, la tristesse des murs témoins de ces scènes, le mauvais sommeil m'ont fait dans l'estomac la blessure bien connue. Manger égale souffrir et plusieurs mois me sont nécessaires pour surmonter, en le contournant par la douceur, le mal. Il arrive que des enfants se fassent du souci pour leurs parents, leur inventent une autre vie qu'ils jugent possible, mais ils se trompent.

La maison des élèves de philosophie et de première n'échappe pas à la règle générale. Elle porte le nom d'une sainte : sainte Agnès. À Sainte-Agnès donc, le cercle se referme et je retrouve quelques-unes de mes compagnes que j'avais laissées en route en évitant la classe de troisième. Parmi celles qui ont résisté à l'usure ou aux sélections internes, il y a Marie-Claire Pichaud.

À dire vrai je ne l'ai pas perdue de vue parce que nous avons toujours écouté la musique ensemble et parce que en un jour déjà lointain, c'était en quatrième, l'entendant chanter à côté de moi et remarquant sa voix, j'étais allée dire à Mère Élisabeth-Odile qui dirige le chant grégorien que Marie-Claire devait appartenir à la maîtrise. Elle m'avait crue sur parole. Depuis, chaque samedi soir et la veille des fêtes importantes, nous déchiffrions le plain-chant ensemble. C'est une expérience que nous avons vécue à une vingtaine et qui laisse dans l'imaginaire une trace ineffaçable. L'usage du plain-chant appartient lui aussi à l'ordre de la durée. Peu d'humains ont l'occasion, la possibilité ou l'envie de passer ainsi de longues heures sur les portées de quatre lignes aux clefs mobiles, devant ces notes carrées reliées par des traits épais et soumises à toutes sortes de signes qui décident des nuances de la voix. La ligne musicale se déroule dans un tel soutien du continu que les respirations se prennent à la dérobée par un sens des relais qui devient instinctif. Ainsi seulement le chant comme une plaine étale peut avoir lieu au-dessus, légèrement au-dessus des possibilités réelles de chacun, comme si le tout devenait d'une autre nature que l'addition des parties.

C'est aux soirs d'hiver que je pense. Nous sommes réunies autour d'une longue table, sous un éclairage restreint, Anne-Marie Lallemand, Monique Laurent, Françoise Barloy, Marie-Claire Pichaud, Simone Dormagen et les autres, chacune tenant son livre d'au moins deux mille pages, à tranche rouge. Mère Élisabeth-Odile, dont la voix est peu timbrée mais qui a le sens du grégorien et toute la vigilance requise, nous fait reprendre encore et encore. Après le sommeil, demain, les passages les plus difficiles nous paraîtront naturels.

Mais l'hiver de 1950-1951 s'est éloigné. En Lorraine, pays continental, les changements de saison ont lieu brusquement. La glycine qui couvre une partie de la façade de Sainte-Agnès épanouit ses grappes mauves, chargeant l'air d'un encens délectable. L'existence ici m'est devenue parfaitement naturelle, elle ne perturbe jamais ma vie souterraine, elle ne dérange pas le cours de mes pensées. Les Mères ne représentent plus pour moi le pouvoir éducateur, formateur, mais des femmes engagées sur un chemin bien étroit et qui font de leur mieux, à nos côtés. Ainsi je peux vraiment parler avec trois ou quatre d'entre elles.

Dans une des deux salles de cinéma de Mirecourt passe *Orphée*. Le cinéma, depuis *Blanche-Neige*, je l'ai toujours aimé et encore bien davantage à partir de *La Symphonie pastorale* où j'ai dû défendre âprement contre ma mère scandalisée le droit de l'œuvre d'art à tout dire. Dans *La Symphonie pastorale*, à un certain moment du film, le pasteur, pour rejoindre Gertrude, s'oppose avec violence à sa femme. Elle pleure sur le sol. Ma mère a jugé cette scène intolérable, et, au lieu de s'avouer bouleversée, elle a maintenu que de telles horreurs ne devraient être ni écrites ni tournées. « Mais maman, on ne peut pas séparer l'art de la vie. — Tais-toi, tu n'es qu'une mauvaise fille. » J'ai compris alors pourquoi ma mère, qui aime lire et lit avec rapidité, qui aurait pu se constituer un trésor imprenable, n'a fait qu'absorber, avec de légères variantes, la toujours pareille nourriture bleuâtre ou rosâtre dispensée par la « bonne presse ». Elle, de son côté, m'a couverte de suspicion et par la suite, chaque fois que l'un de mes comportements l'a étonnée, elle a eu cette phrase : « Tu finiras comme Violette Nozières, tu nous feras baisser les yeux. » Ce qui me semblait très excessif (j'avais fini par me renseigner sur ladite Violette Nozières). La même expérience nous a donc conduites, ma mère et moi, à des conclusions opposées. Elle s'est sentie agressée, j'ai été enthousiasmée. Découvrir que le cinéma pouvait à ce point entrer dans les vies, cerner le trouble, décrire la passion, chercher la vérité des êtres, m'a remplie d'espoir. J'ai commencé à détester le mot immoral, devinant à quels usages il pouvait servir. Et voilà qu'*Orphée* passe à Mirecourt. Je connais la réputation du film. J'en parle aux autres et j'obtiens facilement pour nous, habitantes de Sainte-Agnès, l'autorisation de le voir un dimanche après-midi. Je n'ai pas revu *Orphée* depuis très longtemps mais l'*Orphée* de ce dimanche, à Mirecourt, est là, intact. S'il s'agit d'amour, il s'agit de mort, il s'agit de « à la vie et à la mort ». Toute demi-mesure est à vomir. Les efforts de l'ange Heurtebise pour sauver Orphée ressemblent aux signes qu'adressent ceux qui restent sur la rive à ceux qui partent. Signes inutiles, dérisoires, qui vont en diminuant. J'achète, dès qu'il paraît, le scénario du film. Un carnet, retrouvé il y a peu de temps, où je notais ce qui m'était essentiel dans mes lectures, possède une dizaine de passages du texte d'*Orphée*. Je me souviens de les avoir relevés sur un coin de la table de la cuisine à Rosières-aux-Salines pendant que Léonie-Cécile préparait un lapin à la sarriette. Rosières-aux-Salines où rien n'avait changé dans la maison, où tout se tassait seulement, se voûtait, comme mes grands-parents eux-mêmes. Nonie, Arsène et toujours les vergers sur la colline, les vignes. Et toujours le vide dans les maisons de la rue, de la place, car personne n'avait remplacé les morts.

Je lis Gabriel Marcel, Lavelle, Claudel, Goethe. Cela ressemble à un puits que je creuse et à mesure je m'enfonce dans la terre. Un soir d'air très doux, après le dîner, nous sortons dans la campagne. Le chemin longe des champs de blé aux épis ronds, verts, déjà lourds. Des nielles carmin se balancent ici et là dans les profondes surfaces qui ondulent sous le vent. Le coucher du soleil s'éternise au bout de ce chemin où nous marchons à six ou sept. Et brusquement je m'approche de Marie-Claire : « Veux-tu être mon amie ? » Je ne reçois qu'un regard, poignant. Je sais que l'absence de réponse audible n'est due qu'à sa gorge serrée par l'émotion que j'ai lue dans ses yeux. Tu es mon amie. Pourquoi t'ai-je demandé cela ce soir ? Je ne sais pas. Je n'ai jamais posé cette question à quelqu'un. Je ne savais pas que je te la poserais. C'est ainsi. Nous ne parlons pas. En moi tout s'accélère, j'ai le sentiment d'avoir acquis un trésor inestimable. L'air qui était léger est devenu mille fois plus léger. Je prends ta main, je la garde.

À partir de ce moment plus rien n'est pareil. Le lendemain c'est moi qui me lève et ce n'est pas moi. Ce vide aux contours brûlants qui s'est installé dans ma poitrine et qui respire à ma place, cette alerte de tout le corps, il me faut m'y ajuster et je ne sais pas. Il y a flottement, prises d'air, glissements. Une force me ramène chaque fois à un centre d'où je m'échappe à nouveau, non que je le veuille, mais ce centre trop plein ne se laisse pas ouvrir. Je me retrouve dans un état absolument inconnu. Ce qui s'est passé la veille m'apparaît comme une scène primitive, déjà éloignée dans le temps, une scène si parfaitement simple et complète que je reste sans pensée sur elle.

Ensuite chaque fois que je suis avec Marie-Claire, engagée avec elle dans les actes les plus quotidiens, dans l'ordinaire, je me dis « Elle est là ». Cette sensation dépasse toute autre sensation.

Elle me demande ce qu'est la philosophie. Je lui réponds qu'elle consiste surtout dans l'attention à certaines choses qui sont écrites, qu'il faut espérer se maintenir en cet état d'attention. Le reste vient par surcroît. Quelles choses écrites ? Je lui dis que si elle le veut bien, nous pourrons en lire ensemble. Et toujours ce silence d'acceptation. C'est ainsi que souvent, l'heure du coucher étant depuis longtemps passée, je prends un livre et nous descendons elle et moi dans la cour, sous le noyer. La lampe de poche éclaire tour à tour Platon, Plotin, Pascal, saint Augustin, Bergson, Lavelle, Alain, Sartre, mais elle éclaire aussi Rimbaud, Gide, Claudel, Tagore, et nous traversons des moments intenses où le texte nous conduit à une parole à nous. Elle me parle, étonnée presque du son de sa voix, à travers ce que la lecture a ouvert en nous et je l'entends. La nuit aiguisante s'ajoute à ce bonheur. Pourquoi est-ce un bien si précieux d'avoir sa main dans la mienne ou ma main dans la sienne ? Pourquoi une main en apparence immobile détient-elle autant de vie ? Pourquoi tout projet cesse-t-il, là, à cet instant comme si demain ne devait jamais arriver ? Pourquoi cette joie ?

Les dernières semaines de Mattaincourt passent vite. La fièvre des révisions nous gagne comme partout ailleurs et le sentiment des lacunes à combler se développe brusquement. Voilà pour le visible. Pour l'invisible, je vis un temps immobile. Même la musique je l'écoute autrement, alors que je croyais si complètement l'entendre, et je suis dehors, dans le bruit diffus du dehors comme dans un silence absolu. Plus que jamais je vis deux vies ensemble et la voix seconde, qui d'habitude attend patiemment pour se manifester, est devenue ce continuo profond, doux, insistant qui partout m'accompagne.

J'apprends l'enfance de Marie-Claire. J'apprends la grande maison au bord de la Marne. Le petit salon, le grand salon. L'étude, en bas, au niveau du jardin, où son père reçoit les riches paysans de Champagne, les propriétaires terriens, les notables. Maison voisine de l'église Notre-Dame-en-Vaux, vibrante de la sonnerie des cloches, retirée derrière sa grille. Châlons-sur-Marne en hiver, en été. Son frère avec lequel elle aimait tant jouer, son frère proche s'isole dans la musique. Elle n'ose le rejoindre. Les repas familiers se prennent au petit salon. Sa mère. Durant les trois premières années de son internat, elle a souffert de l'absence de celle qui régit tout dans la maison, qui, certains soirs, parfumée, en robe longue, s'en va dîner au Rotary-club ou dans d'autres grandes maisons de la ville, celle qui détient la clef de l'harmonie entre les meubles, les rideaux, les fauteuils, les vêtements, qui a l'art de recevoir quarante personnes avec la seule aide d'une jeune bonne de l'Assistance publique « formée » par ses soins et qu'« on » lui envie. Sa mère qui s'assoit, soudain pâle et rigide, sur un fauteuil, ou qu'un flot de paroles emporte dans des terres mal contrôlées. Et puis la souffrance ayant cessé d'elle-même, Marie-Claire a vu d'un autre regard les repas familiers au petit salon sur fond de rancœur que seule tempère la clochette régissant les allées et venues de la bonne. Le filet de bœuf du dimanche au madère et aux morilles, le veau aux carottes, le poulet à la crème flambé au marc de Champagne, le vrai pot-au-feu, les rillettes de lapin faites à la maison, toutes ces nourritures luxueuses, elle les a souvent absorbées avec cette boule d'angoisse, ce noyau dur dans la gorge, fruit du mal-être. Ne manquant de rien, privilégiée, elle a soudain manqué de tout parce que la solitude du père, la solitude de la mère, la solitude du frère dans un lieu où l'on parle sans cesse à côté deviennent des poids insoulevables. Revenir dans la grande maison lui est de plus en plus pénible et en même temps Mattaincourt ne lui apporte pas autant que ce que j'y ai trouvé. Je ne cherche pas pourquoi, je l'écoute, je la regarde. Je ne sais encore rien d'elle. Heureusement je me souviens avec une grande exactitude de son arrivée ici. Elle dit que, sauf maintenant, je lui ai toujours fait peur. Mes certitudes, mon aisance à vivre ici. Elle dit pourtant qu'en cinquième, n'osant parler à personne, elle a pensé : « Si mes règles m'arrivent ici, c'est à Jocelyne que je le dirai. » Elle sourit. Son sourire n'a pas vraiment la netteté d'un sourire, ses yeux à ce moment-là ne se plissent pas exactement comme des yeux qui sourient. « Tu n'es pas venue m'en parler. — Non. Je ne les ai eues que durant les grandes vacances qui ont suivi. J'accompagnais mon père à la chasse. J'aimais beaucoup marcher sur les mottes de terre qui s'effritent ou dans l'herbe, le long des champs. J'étais seule avec lui, il m'a donné son mouchoir. » C'est à mon tour de sourire, cela me rappelle quelque chose.

Nous marchons sur un chemin, nous longeons les champs de blé. Ils ont blondi et le vent les incline en vagues courtes, lumière et ombre se succédant. Les nielles sont fanées. Dans ce paysage à faible relief, les ombres ne viennent que des nuages, des arbres, des mouvements dus au vent.

Marie-Claire joue du piano. Très bien, de l'intérieur. Pourtant elle n'a commencé qu'en classe de seconde, sur un coup de passion. Elle a voulu tout quitter pour la musique, arrêter toute autre étude, mais son père, avec sa sagesse de notaire, n'a permis que la musique-violon d'Ingres. Celle de sa mère, de sa sœur, et il a aussitôt fait venir dans la maison de Châlons-sur-Marne, pour sa fille, le Pleyel droit sur lequel elles jouaient. Plus jeune de vingt et un mois, ayant commencé vers quatorze ans et demi seulement, Marie-Claire joue incomparablement mieux que moi. Il me semble qu'elle fait l'économie d'un labeur, qu'une lourdeur lui est épargnée, qu'il s'agit en elle d'une essence, en tout cas de quelque chose d'autre.

Cette sensation d'avenir si curieusement gommée.

Un dominicain de passage — il fait chaud, la scène a lieu dehors, sous la charmille — parle de notre caractère unique et irremplaçable, puis, saisi d'une inspiration subite, il s'écrie presque : « Songez aux milliards d'êtres qui n'ont pas vu le jour parce que Dieu ne les a pas assez aimés ! » Sous le coup de la stupeur et de la révolte, je me lève et m'en vais. Qu'il glorifie Dieu sans fin s'il le veut, pour sa précieuse existence à lui. Je prends l'allée qui conduit à la maison des petites, sa voix s'éteint. Bientôt ne m'environne plus que le très léger bruit de papier froissé de deux ares au moins de haricots verts.

Le visage de Marie-Claire se dérobe. Je l'ai vu, je le regarde et je ne le cerne pas. Je n'essaie pas de le cerner. À certains moments, je vis devant ce visage, à proximité de lui. Comment se sent-on dans son corps ? Qui est dans le corps ? Pour la première fois de ma vie me vient le désir d'être dans un autre corps que le mien, dans ce corps-là, le sien. Je le constate, étonnée. On voit comme des passages de larmes sur son visage sans qu'elle pleure. L'impression de silence domine encore, à présent où elle me parle. Mais pourquoi songer d'abord à ces passages de larmes sans pleurs ? Je lui ai dit aussi : « Tu me feras toujours rire », car sa gaieté naturelle lui inspire souvent les mots les plus drôles.

L'examen approche. Il y a six ans il m'apparaissait comme un terme lointain, maintenant je l'oublie presque. Un rythme de fer a été absorbé, la discipline intellectuelle fonctionne d'elle-même. Cet examen, outre l'excitation du moment, est ce qui me permettra de continuer la philosophie à l'Université. Une pensée revient souvent, chevauchant les autres : l'année prochaine Marie-Claire vivra, travaillera ici, et moi je vivrai, travaillerai à Nancy. De cette pensée naît l'inconfort.

Quand je quitte Mattaincourt un de ces jours indécis qui suivent l'oral du baccalauréat, ce n'est pas d'un lieu qui m'est cher que je me sépare, c'est d'elle.

Doucement. Voici le sol de mosaïque cirée, voici la chambre pour dormir, la table de la salle à manger pour travailler, le jardin devenu cette fois, après tant de métamorphoses, tout petit. Doucement. Ce sont des vacances que tu commences même si tu sais que ce n'est pas vrai. Tu prends dans la cuisine le premier petit déjeuner de ce mois de juillet 1951. Il n'y aura plus de rentrée d'octobre sous les tilleuls. Tu es bachelière plus qu'honorablement, et de cette épreuve tu gardes seulement l'impression brûlante de la dissertation où, en de nombreuses pages qui s'écrivaient presque à ton insu, tu comparais l'attention et l'attente. La note très brillante t'a fait plaisir mais tu as retenu surtout l'état dans lequel tu étais plongée, écrivant ces pages. Tu sais maintenant que tu peux faire peur, tu ne comprends pas très bien comment, mais tu ne te connais pas de l'extérieur. Ta sœur a presque huit ans, ton frère bientôt treize. Ton père vient de fêter ses quarante-cinq ans et ta mère aura quarante-trois ans en octobre. Oui, ta mère, ton frère, ta sœur sont d'octobre. Tu reposes sur la table ton bol. Tu as froid.

Mes parents, prévenus de mon intention de continuer la philosophie, éprouvent une certaine méfiance. De toute façon ils sont déçus. « Faire médecine » demeure le seul avenir qui les comblerait et il m'est impossible de leur expliquer mon attirance pour la philosophie et mon incapacité profonde à m'engager dans une voie où les résultats de mon travail seraient nécessairement médiocres à mes yeux. Une fois de plus je me heurte à la difficulté de donner des raisons réelles, intellectuellement, à des interlocuteurs qui simplifient les données et ne prennent pas la juste mesure. Cela me fait souffrir et je désire les amener à comprendre mais le privilège social du médecin est tel pour eux que la peine qu'ils éprouvent à y renoncer brouille tout et je n'ai pas le cœur de leur reprocher cette projection d'eux-mêmes dans ma future vie. Je n'oublie pas la charrette à âne emplie de pain que le petit garçon ensommeillé menait dans les rues toutes pareilles des cités de Dombasle-sur-Meurthe, ni, dans la maison des David, la rangée de toutes les chaussures que la jeune fille, si heureuse sans doute de son certificat d'études réussi, devait cirer entre le repas et la promenade des enfants. Ce n'est pas simple. Mais j'aimerais bien de leur part la confiance que mon travail justifie alors que je sens surtout une méfiance envers mes goûts. C'est une vieille histoire entre nous — ils n'aiment pas mes différences — mais ne cessera-t-elle donc jamais ?

Dans la ville il m'arrive de faire un détour par la place Carnot pour aller voir, simplement voir, la faculté des Lettres. Je n'y suis entrée qu'en deux occasions, les deux oraux du baccalauréat. C'est à celui de la deuxième partie que mon père a voulu assister. L'émotion le submergeait.

Il a attendu les résultats avec moi dans la cour intérieure.

Les arcades autour de la cour carrée abritent un cloître plein d'animation, aux murs couverts de panneaux d'affichage. Le Droit d'un côté, les Lettres de l'autre, comme les deux plateaux d'une balance, l'axe imaginaire de la cour en figurant le fléau. Entre cet ordre que je pressens et la rigueur de Mattaincourt, je vois peu de différence et j'attends avec impatience les inscriptions.

Françoise, dont la famille vit à Toulon, fera propédeutique à Aix. Nous venons d'entrer dans l'amitié intermittente mais le fil rouge ne se rompra pas. Elle est retournée là-bas, superbe et grave. Bien longtemps avant que je voie Aix, elle me parlera du cours Mirabeau, des fontaines, des amandiers, en des lettres brèves, petits miracles de présence. De rares lettres brèves qui ressemblent à la façon qu'elle a de se retourner brusquement, de secouer la tête et de rester là, rêveuse, avec du sourire plein les yeux.

De la grande maison au bord de la Marne, je reçois des lettres de Marie-Claire. D'épaisses enveloppes. Nous ne savons, ni l'une ni l'autre, penser le mot « manque ». C'est un mot trop fort encore. Oser le dire paraîtrait indécent, mais dans la nostalgie et l'acuité de ces lettres, il transparaît. Aussi nous essayons de combler l'intervalle, échangeant nos impressions sur les événements, les gens, les lectures. Les lectures tiennent une grande place. Cette abondance de détails vaut moins qu'un quart d'heure de silence où nous serions proches, où je verrais ses mains tourner les pages d'un livre, ses cheveux brillants et lisses frôler sa joue, où elle oserait tout à coup accepter que je la regarde et lèverait à son tour sur moi ses yeux qui demandent et donnent en même temps.

En août, lors d'une session pédagogique internationale, quelques-unes d'entre nous reviennent à Mattaincourt pour aider les Mères à accueillir les enseignants. Alors ce quart d'heure de présence l'une à l'autre nous est donné, multiplié. La maison entière occupée par les hôtes, il ne reste plus pour nous que le grenier sous le clocher. Nous y transportons des lits, des matelas. Au cours d'un de ces transferts harassants nous posons un matelas dans une allée pour nous y reposer et là, prise d'une inspiration subite, tu te mets à décrire assez exactement sans le savoir ce que l'avenir nous réserve en fait de déménagements, rangements, transbordements, travaux, nous destinant à vivre plus près des chenilles processionnaires et des fourmis que des bourgeoises, et un fou rire nous empoigne, incoercible, décapant, à la mesure de la hauteur qui sépare le grenier d'une si grande maison du sol où nous avons peine à reprendre souffle.

Dans l'immense salle de propédeutique, j'écoute Georges Vallin parler de la sagesse qui n'est pas un état mais un mouvement. Pour les cours de philosophie l'assistance décroît nettement, mais en d'autres matières nous atteignons la centaine. Aux néophytes que nous sommes, le recteur a réservé des bâtiments neufs situés à côté de l'enceinte de la faculté mais nous avons librement accès aux arcades, à la cour intérieure. Nous maintenir ainsi à l'extérieur, dans une sorte de vestibule, accentue l'idée de préparation à une initiation. Dès les premières semaines, nous nous sentons tous bien ensemble, les affinités, les sympathies se dessinent et c'est un grand plaisir de se retrouver le matin. Bizutage, élections, chahuts, tout suit son cours. Dans Nancy, lors de la descente des jours vers le solstice d'hiver, l'atmosphère générale est imprégnée de pain d'épice et de macarons, Saint-Nicolas passe, qu'on le veuille ou non. C'est une ville qui s'accommode du froid, des lumières, de la richesse. Après mes six ans de Mattaincourt, je me sens fascinée par la remontée de l'après-guerre plus éclatante, plus sensible en ville, et l'euphorie je la prends par courtes bolées successives. J'aimerais beaucoup partir le matin et rentrer le soir mais ma mère, qui tient le restaurant universitaire pour un lieu de débauche et de perdition, ne m'autorise à y déjeuner qu'après la messe du mercredi. J'aimerais beaucoup travailler jusqu'à sa fermeture dans la vaste bibliothèque aux lampes mordorées, dans le silence épaissi de bruissements. Non, il y a la table de la salle à manger. Heureusement les roses tango ont fait place à un papier uni couleur café crème et mes parents envisagent pour le printemps des travaux d'agrandissement qui donneront une nouvelle cuisine, un salon, et pour moi une chambre où j'aurai une table de travail. À Rosières-aux-Salines, Léonie-Cécile était assise sur un banc tandis que sa fille Simone dansait. En vertu de ce principe il m'est impossible de dissuader mes parents de m'accompagner au bal du bizutage où ils sont évidemment les seuls. Je contourne le ridicule avec bonne humeur en les engageant à offrir largement du champagne. J'accepte les contraintes mais je m'aperçois vite que la vie universitaire se tisse entre les cours, autour d'un café, dans une sortie ou une soirée et les mois passant je me sens glisser en dehors des mailles des groupes qui se resserrent. Une tristesse vient sur la fatigue.

Chaque mercredi, une de mes anciennes compagnes, devenue surveillante à Mattaincourt pour payer son temps d'étude en propédeutique, m'apporte ta lettre. Tu ne peux la confier à la poste, si régulière elle intriguerait mes parents. Ma mère la lirait et elle est si chargée de toi, des moindres détails de ta vie, qu'elle la lirait avec méfiance. Tu me parles de toi comme jamais tu ne l'as osé. De loin, je te fais moins peur sans doute. Et moi, sous les arbres du cours Léopold, qu'est-ce que je lis ? D'abord tes mots avec hâte, puis je les ouvre. Tous les mots s'ouvrent si on désire les ouvrir.

Est-ce que je dors ? Non, je veille. Environnée de visages, prise dans un réseau que je reconnais — mes six ans à Mattaincourt m'en avaient seulement éloignée —, je consens à être liée, j'y consens de bon cœur. Mais la part non touchée par les autres, la part sur laquelle je me tais, je te la garde. À te lire, je sens que tu en fais autant. Tard dans la nuit, à la table de la salle à manger, je t'écris à mon tour. Demain Marie-Thérèse Aubry emportera ma lettre.

Il m'est difficile de te faire imaginer ma vie ici. Les cours de philosophie, l'enseignement passionnant de Raymond Ruyer et de Georges Vallin, rien n'est plus facile que de le partager avec toi, mais dès que j'évoque le tissu concret des journées moins chargées de cours, les fins de semaine, les soirs, je bute sur quelque chose d'indicible, insidieuse douleur banale ou impatience profonde, je ne sais pas. Les grandes violences entre mes parents se sont calmées, espacées, j'assiste à ce qu'on appelle de l'extérieur une cohabitation qui, dans leur cas, se trouve écourtée par le travail non sédentaire de mon père. Écourtée mais non allégée. La pesanteur de vivre cette vie sans grâce, sans but autre que la « réussite », sans espoir d'une expression quelconque de soi-même et surtout l'affirmation constante, sous mille formes, que cette vie-là est le modèle entre tous, engendrent dans la maison, par le jeu des frustrations réciproques, une tension perpétuelle. Rares sont les repas qui se déroulent jusqu'au dessert sans éclats. Mieux vaudrait ne manger qu'un bol de riz ! Et maintenant la gentille petite écolière qu'est devenue Anne-Marie, si prompte à fuir les désagréments, ne peut plus ignorer le malaise. Pierre, malheureux en classe, transféré de l'école des Frères à celle des Pères de La Malgrange, reconnu trop tard gaucher contrarié, s'échappe dans de beaux dessins et de petites huiles sur toile, pour son propre plaisir. Son goût pour la peinture et le fait, acquis maintenant, d'avoir surmonté le bégaiement de son enfance, pourraient indiquer que la classe ne lui convient pas, qu'il est doué pour autre chose, mais le faire admettre à mon père est impossible. Pierre constitue entre mon père et ma mère une tension de plus. Ce fils tant espéré, qui jusqu'à deux ans a vécu sous le seul regard de ma mère, reste entre eux une pomme de discorde. Pour Anne-Marie et Pierre, ma présence dans la maison est une nouveauté et moi, plus proche d'eux, j'apprends à les connaître. Dès lors, je touche au domaine réservé de ma mère ; des drames surgissent à propos d'un rien. Car sa méfiance envers moi n'a pas faibli. Mattaincourt ne m'a pas rabotée, équarrie comme elle l'espérait, Mattaincourt m'a donné tout autre chose que l'éducation idéale qui pour elle se résume ainsi : on ne dit jamais non à sa mère. Énoncer ce principe ne lui paraît pas suffisant, elle l'illustre d'exemples nombreux empruntés à sa propre vie — elle n'a que l'embarras du choix puisqu'elle n'a jamais dit non à ses parents —, mais surtout elle l'assortit d'un ton de voix spécifique qui a le don de me glacer jusqu'aux os. Elle ne connaît pas le mot « libre arbitre » mais elle sait que c'est cette force qui en moi ne plie pas, n'accepte que ce à quoi elle consent. Ma mère dérape sur cette résistance, elle se trouve déviée de sa trajectoire de domination, et dès lors toutes mes conduites sont coupables à ses yeux, quelles qu'elles soient.

Comment te faire éprouver dans mes lettres l'étroitesse dans laquelle je vis ? La violence des heurts inévitables ? Ma tristesse devant l'impossibilité d'être pour ma mère une femme proche qui comprend ses difficultés, sa déception fondamentale ? Soumise jusqu'à l'abaissement, si je l'étais, elle me pardonnerait d'exister mais libre dans ma tête, différente, elle ne me supporte pas. Ma mère, ma mère, je ne veux pas mourir, je ne sais pas encore la tragique destinée sexuelle des petites filles d'Afrique mais je suis rebelle à cet obscur ressentiment si semblable à celui qui conduit la main des exciseuses.

Mattaincourt m'a appris, selon une tradition immémoriale, à confier ma vie « intérieure » — la formule fait sourire — à un directeur de conscience. Autrement dit à mettre ma vie dans la main des prêtres. Si pour d'autres cette pratique ne fait pas difficulté, pour ma part j'ai eu beaucoup de mal à l'accepter mais j'ai mis cette répugnance sur le compte de mon orgueil et je l'ai surmontée. J'en reçois parfois une certaine aide et, dans le conflit latent avec ma mère, je m'évertue à la douceur et à la patience même si j'y parviens mal. Mais tout effort pour sortir de soi, s'il engendre une joie douce-amère, aiguise en retour les perceptions et n'ôte pas la nostalgie. Les entretiens spirituels se déroulent à un niveau qui ne contient pas entièrement la vie vécue, ils servent plus de trompe-l'œil que de remède à la solitude et quelque chose qui pourrait s'appeler l'épaisseur, l'énorme couche d'humus des détails, commence à m'apparaître. On est seul à vivre ses propres détails même si, d'une vie à l'autre, ceux-ci se ressemblent ; chacun est pris dans un tissu particulier dont il doit éprouver chaque entrecroisement des fils.

la religion

Une fois dans l'année je te revois. C'est à la faveur d'une réunion d'« anciennes » à Mattaincourt, une de ces réunions qui ne servent à rien sinon à donner réciproquement quelques nouvelles. « Donner des nouvelles » ne signifiant rien non plus. Mais retrouver ce lieu que j'aime, où tu vis, cela fait un tout sur le sens duquel je ne m'interroge pas. Je vais là où tu es. C'est à mon tour d'avoir peur. Huit mois se sont passés sans que je voie ton visage et soudain c'est comme si tes lettres ne m'étaient jamais parvenues. Mots volatilisés, mots de bois. Sur la route d'Hymont, je ne vois pas les arbres, je traverse le village et je gravis la côte sans m'attarder à un quelconque point du parcours. La grande maison s'ouvre. Voici ses couloirs tant et tant cirés par sœur Giuseppina, leurs mille reflets qui traversent le corps du bâtiment de part en part. Mère Marie-Réginald m'embrasse avec vigueur et tu es là, dans un groupe, soudain. Beaucoup de bruit. Tu as coupé tes cheveux. Comme tout est facile, tendre, ici. Je me laisse faire et envahir, seulement cette stratégie douce, comme à mon insu, m'empêche de pleurer. Ce serait des larmes inexplicables aux autres, inexplicables à moi.

Le soir, je quitte ma chambre pour la tienne. Le silence est entré dans sa durée. Tu m'attends. Je m'agenouille près de ton lit. Tu entoures de tes bras mes épaules. Tous les mots, tous, sont en dehors, en dessous. Nous restons ainsi la nuit entière, nous approchant l'une de l'autre. Quand je me relève au matin, les lames du parquet marquent mes genoux d'un relief qui met plus de deux heures à s'effacer. J'apprends le mot « pressentiment ».

Pour soigner maman, malade, et veiller sur mon frère, ma sœur, la maison, je m'absente de mes cours presque un mois. Un après-midi, un élève de propédeutique m'apporte ses notes de cours afin que je puisse un peu travailler. Je parle avec lui une heure et soudain des coups résonnent dans le plafond. Je monte en courant, ma mère me jette sa bouillotte tiédie en criant que je la laisse crever. Cette visite d'une heure est la première, la seule durant ce mois où j'ai tout fait pour que maman soit bien et ne manque de rien. Je la regarde et je vois seulement son regard sur moi, ce qu'il contient, peut-être à son insu, de dureté, de méfiance, de non-douceur définitive. Emplir la bouillotte d'eau chaude, lui porter de l'infusion, arranger ses oreillers. Silence. Je me retire en fermant doucement la porte.

De ses propres dents elle casse le fil malmené, usé en bien des endroits, de ses propres dents elle s'acharne sur ce fil et le rompt au ras de son sexe, elle ne laisse même pas de prise pour tirer sur le placenta qui n'a plus qu'à pourrir en elle. À ce moment-là, précis, je prends des ciseaux et je sectionne l'autre extrémité, au ras de mon nombril. Cordon deux fois coupé. Lui aussi se met à pourrir au soleil de mars. Mais dans l'allée du jardin, entre le tendre estragon, les primevères, le rose du prunus, entre l'obstination silencieuse du vert et la certitude fidèle de la terre, je pleure, et toutes les blessures passées brillent devant moi comme des couteaux.

Tu m'écris que tu ne travailles plus, que tu ne peux fixer ton attention sur aucun livre, que tout ce que tu essaies de lire, dès la première phrase, t'emporte ailleurs. Tu me dis qu'à nouveau les champs de blé sont verts, parsemés de nielles carmin. L'année prochaine tu viendras ici suivre, à ton tour, les cours de propédeutique. Tu espères que tes parents accepteront Nancy plutôt que Paris. Ainsi allons-nous, de lettre en lettre, vers des projets qui nous tiennent lieu de douceur.

Au bord de l'eau, j'écoute la vieille roue de la scierie désaffectée tourner sur son axe rouillé. Les enfants de la colonie ne sont pas encore réveillées. Le savon dans l'herbe, la serviette rayée, la brosse à dents sur une pierre plate prolongent pour les yeux la sensation de fraîcheur éprouvée tout à l'heure à me laver dans l'eau rapide. Il me reste une bonne heure avant le lever général, pour goûter tranquillement le début du jour. La scierie du Trupt abrite sous son toit troué, dans des conditions bien au-dessous du niveau normal de sécurité, quatre-vingts fillettes, trois religieuses et une dizaine de monitrices improvisées. Sans cette imprudence, les enfants n'auraient que les trottoirs pour jouer alors qu'ici on cueille des mûres, on marche, on se lave dans l'eau du ruisseau, on chante, on monte au Donon. J'admire cette imprudence parce qu'elle allie à la pauvreté des moyens la vigilance. À part un effondrement total de la bâtisse, je ne vois pas quel mal pourrait arriver dans ce creux vert, sorte d'entonnoir végétal. Dès ma réussite à l'examen, il m'a semblé naturel de passer un mois de mes longues vacances à inventer jour après jour quelque chose de gai pour celles dont les parents ne peuvent payer les colonies habituelles, confortables et chères. Personne ne reçoit d'argent, tout le monde mange mal, la confiture du matin, pommes et groseilles, pommes et prunes, est tartinée d'avance sur le pain coupé, sinon ce serait le pain sec à brève échéance, mais vivre un mois dans l'épaisseur verte des Vosges laisse sa trace sur les corps.

Tu m'écris de Forêt-Noire — d'un endroit que j'imagine assez ressemblant au Trupt —, de Marialaar, des lettres heureuses. Tu vis avec un groupe d'amis tes premières vacances sans ta famille et vaguement tu te prépares à repasser l'oral que tu as manqué de peu. Un philosophe de la bande, Bernard Leroux, te fait travailler. Tu m'écris des lettres très douces dans le courant des jours.

Comme tout le monde, je me suis posé la question du don absolu de soi-même. Vivre quelques décennies et mourir mérite bien une pensée un peu suivie. Ma venue au Trupt n'est pas tout à fait innocente : je voudrais sentir si des enfants et une certaine forme de prière seraient une voie possible vers ce que je désire et dont j'ignore tout, l'union, la fusion complète avec quelqu'un. Dieu, dont l'évidence à mes yeux brille comme le soleil, se présente en premier. *Le Cantique spirituel, Le Château de l'âme* me parlent en un lieu qui m'importe. La cloche du Carmel dont le son franchit allégrement le mur couronné de verre, rappelle sans faiblir que ce lieu peut s'accomplir en ceux qui en prennent les moyens. L'amour est le but, il se tient au carrefour des voies multiples. Le chemin désert, silencieux, de l'oraison et de la connaissance, celui où ne se marquent pas les traces, où la poussière souffle à mesure effaçant tout, me semble entre tous le plus attirant, mais toujours je me souviens de mon orgueil... L'autre, celui des œuvres, qui conduit aux murs de Mattaincourt ou d'ailleurs, celui sur lequel les sœurs infirmières roulent à bicyclette pour secourir les malades et les oubliés, celui du fameux « Être utile à tous », ressemble davantage à la vie ordinaire, le danger est moins grand de s'y égarer, on y rencontre sans doute des repères, des balises, on s'y sent peut-être mieux soutenu par les autres.

Au bord de l'eau, au ras de l'herbe, dans cette espèce d'oubli, à la fois je reprends souffle après une tourmente amère et à la fois j'essaie de saisir en quel sens va le courant qui coule en moi. Car de vie je n'en ai qu'une. Et en même temps je pense à la profonde douceur de tes lettres, à la force de ta présence en moi. Je me souviens de Montaigne. Je marche dans la lumière verte des fougères, là où le bois s'abaisse jusqu'au creux. Le miracle de l'amitié, peut-on l'emporter avec soi ou faut-il l'abandonner sur le seuil ?

Et puis les fillettes s'éveillent, courent dans le pré, s'ébrouent dans l'eau fraîche. J'ai obtenu pour elles qu'elles se lavent nues, libres comme elles sont, j'ai lutté deux ou trois jours pour ce droit tout simple et je l'ai obtenu. Nous allons aux myrtilles — dites brimbelles —, nous emportons de grandes boîtes de fer.

Un matin de septembre je reçois une lettre à l'écriture couchée, inconnue. Ta mère m'écrit. Nettement, avec une autorité sèche, elle me demande de cesser de t'envoyer des lettres aussi tendres. « Réservez cela pour votre fiancé quand vous en aurez un », me dit-elle. Je suis scandalisée et je décide aussitôt d'aller parler à cette femme si arbitrairement simplificatrice. Le samedi suivant, tu m'attends à la gare de Châlons-sur-Marne. Toute difficulté s'évanouit dès que je te vois et pourtant je redoute ce qui va m'advenir. Je me souviens de ta famille à travers toi, tes récits entrecoupés de blancs m'ont ouvert une lucarne sur la vie dans ta maison. Le ton de la lettre de ta mère est celui d'une femme sûre d'elle, qui sait où est le bien, où est le mal, qui décide à la place des autres des conduites à tenir. Elle ne fera de moi qu'une bouchée. Tu es là, le soleil de septembre brille au-dessus du grand pont dans l'avenue de la gare et j'ai envie de voir ta maison. Plus loin l'église Notre-Dame-en-Vaux déploie ses rondeurs. C'est une église tout en grâce qui ne s'est pas vraiment habituée au gothique. C'est beau un monument qui hésite !

Un peu en retrait d'elle, derrière sa grille noire, ta maison. Précisément une de ces maisons qui m'intimident mais c'est la tienne et tout est changé. La chienne Winnie, ses abois forcés de carn-terrier qui veut s'imposer, nous accueillent. Elle court sur la pelouse. Ensuite je ne sais pas dans quel ordre me parviennent les choses, ta mère, le thé qu'on sert presque aussitôt et dans le grand salon où tu n'es pas, ma conversation avec elle. Car c'est une femme active qui s'acquitte de ses tâches au plus vite. Elle veut régler cette question avant le dîner, avant le dimanche, et je ne peux que l'approuver. Seulement, à mesure qu'elle parle, elle cesse totalement de m'effrayer. Je crois que ma tranquillité la désarme. Tout doucement, elle dérive. Elle ne sait pas qu'elle dérive parce que ce n'est pas une rêveuse et que le flot de paroles la double, la remplace, créant l'illusion qu'elle est bien là. Elle oublie que je suis pour elle une inconnue, que je n'ai que dix-neuf ans, parce que l'écoute est sans âge et que vraiment je l'écoute. La pente s'inverse, elle attendait de moi des justifications, que sais-je, des promesses, et voilà qu'elle me parle d'elle, de sa vie, de sa pauvre vie brillante, bien en vue dans la cité, perdue. Et la tendresse qu'elle me reprochait sèchement, qu'elle m'interdisait au nom d'une invraisemblable histoire de fiancé, la tendresse qu'elle ne reçoit de personne, qu'elle n'offre à personne, brille au-dessus d'elle comme l'eau qu'on ne voit pas, qui coule parallèlement, plus haut que la route où l'on marche. Liseuse clandestine de lettres qu'elle souffre de ne pas recevoir. Car longs sont les jours.

Le soir, dans la chambre bleue, tout en haut de la maison, nous dormons ensemble. Je te rassure. Tout s'est bien passé. Nous continuerons à nous écrire et, dans deux mois à peine, nous habiterons la même ville. Je vais chercher pour toi une chambre. Nous parlons jusque très avant dans la nuit.

Ainsi je sais où tu vis. J'ai mangé de cette nourriture que tu manges. J'ai rencontré François, ton frère, amoureux fou de musique. Il ne sait pas qu'à travers toi je l'ai vu fumer des pipes de marron d'Inde, faire du patin à roulettes sur la terrasse et surtout jouer interminablement aux échecs avec toi. Nous avons le même âge, il se passionne pour le droit, moi pour la philosophie, j'ai eu immédiatement envie de le connaître mieux. J'ai regardé ton père avec un immense étonnement. Il n'a rien de commun avec les hommes de mon entourage, sa voix tombe d'un autre endroit. Il y a en lui quelque chose de la politesse des prêtres, un certain éloignement et pourtant une bonté malicieuse. Au dîner, des lueurs d'amusement passent dans ses yeux quand il m'écoute louer Claudel qu'il trouve ridicule, grandiloquent. Je le soupçonne de me provoquer. Moins de deux ans plus tard il sera mort et ce président des notaires de la Marne, cet homme réservé, secret, qui aura vécu seul dans son étau d'angoisse serré un peu plus d'année en année jusqu'à ce que cède le cœur, laissera en moi un souvenir profond. Je m'interrogerai souvent sur sa vie malaisément déchiffrable.

Au début de novembre 1952, les inscriptions accomplies, nous marchons sous les arbres du cours Léopold. Ce n'est pas un rêve, les cours commencent lundi et tu t'installes rue du Manège, en haut d'une maison qui ressemble à celles de la place de la Carrière ou de la place d'Alliance. La rue du Manège n'est pas sans lien avec la place de la Carrière, cela se devine. Mais la chambre, juste au-dessous du niveau des greniers, ancienne chambre de domestique, possède autant d'incommodités que de charme. Tu n'y apportes presque rien sinon des livres, peu de vêtements, une reproduction de *L'Homme à l'oreille coupée*, un petit poste de radio. Légère dans ton corps, tu préserves ta mobilité. En quelques heures tu transformes le lieu, tu en fais cette chambre à la lumière douce où le fauteuil à bascule près de la fenêtre effleure à chaque mouvement la table où tu travailleras. Tu ne sais encore presque rien de la ville autour et la solitude te fait un peu peur. Je le sens seulement à ta façon de me dire au revoir et de choisir brusquement la rue où tu m'accompagnes jusqu'à l'autobus que je finis par prendre après en avoir laissé passer deux. Une chambre à soi dans la ville, dans cette partie-là de la ville, en pèses-tu le privilège ?

D'elle, maintenant, moi non plus je ne sais rien. Depuis mes errances limitées de petite fille, je l'ai perdue. M'immerger dans la ville, cela ne m'est pas donné, non que le désir me manque, mais il se heurte à des obstacles incontournables. Je suis empêchée par ce lieu où l'on me tient de façon étroite, serrée, ce lieu qui n'est qu'un bord, qui n'est ni la ville ni la nature, ce lieu faux. Dire que j'aimerais une chambre ailleurs, dans une maison inconnue, apparaîtrait comme une monstruosité. Jamais ni mon père ni ma mère ne comprendraient mon désir de me fondre dans l'imprévu, l'ouvert, l'échange, le tissu de sensations, la vie de la ville. « C'est une excentrique », dit ma mère parlant de moi. Jamais ils ne comprendraient mon désir d'autonomie, de solitude. Car je dois rendre compte de tout et d'abord de mon temps, ma seule propriété. Maintenant qu'ils ont agrandi leur maison, qu'ils m'ont destiné une chambre dont j'ai eu le droit de choisir le papier toilé uni et qui ouvre sur le jardin, exprimer ce désir serait le comble de l'ingratitude. Fermer une porte sur soi signifie déjà un grand luxe, et très fort est mon sentiment que je ne vis ici que provisoirement.

le besoin de solitude et d'indep.

En philosophie, le grand nombre d'étudiants de la classe de propédeutique n'est plus qu'un souvenir. Nous sommes à peine une vingtaine à suivre les cours dans la petite salle obscure de la vieille faculté. Enfin je m'approche de ce que je veux. L'enseignement se précise, nous entraîne à certains moments bien près du centre, du cœur des questions. Ma certitude augmente d'avoir choisi ce qui me convient.

Mais comment te voir souvent ? T'inviter dans la maison de mes parents où tu es déjà venue plusieurs fois au moment des oraux du baccalauréat a créé des tensions que tu n'imagines pas. Ma mère, parce qu'elle n'éprouve pas de sympathie spontanée pour toi, se méfie de toi, te supporte mal au point qu'elle affirme éprouver des malaises en ta présence. Je crois qu'elle sent à quel point tu m'importes et cela seul suffit à la rendre violemment hostile. Cette sorte de passion à rebours, si spécifique de son attitude envers moi, s'inscrit elle aussi parmi les obstacles incontournables. Je te le dis un jour avec tristesse, avec une certaine honte parce que tu pourrais croire que la patience et le courage viennent à bout de tous les nœuds. Non, tu ne le crois pas.

Alors, comment te voir, toi si proche dans la ville ? Ma mère connaît mes horaires de cours, elle ne m'accorde que le temps d'aller et de revenir. Elle tolère peu d'exceptions. Je ne suis pas majeure, dit-elle. Je m'inscris à un cours d'esthétique de trois heures chaque mercredi après-midi et je te rejoins rue du Manège. Maintenant tu vis dans cette chambre. Elle contient ton odeur. Elle a changé. De vraies traces de toi s'y inscrivent. Tu fumes des Players. C'est comme si tout à l'heure, ce soir, demain, ne devaient jamais arriver, comme si une totalité s'accomplissait. Nous ne parlons guère. Je suis soudain sans avenir, sans projets, tout ce qui ne serait pas toi serait vain et les mots de cette réalité terrassante ne me viennent pas à la bouche, l'idée même de ces mots, mots que j'ignore, auxquels je n'ai jamais pensé, ne me traverse pas. La chambre cesse de m'être extérieure, elle devient le lieu unique de mon désir.

Très tard dans la nuit je travaille, non dans ma chambre mais à la salle à manger. Je crois me souvenir que la raison en est un arrêt du chauffage central. Je travaille si difficilement que j'abandonne. Parmi mes livres, sur la table, *Le Partage de midi* que je n'ai pas encore lu. Je l'ouvre. Depuis cet après-midi, la pensée de toi ne m'a pas quittée. — Mésa, je suis Ysé, c'est moi. — Les lettres de feu qu'écrivent les Anges sur les murailles sont noires sur fond noir à côté de la fulgurance qui m'aveugle. Je relève les yeux, je ne vois plus rien de ce qui m'entoure. Plus jamais une seule heure de ma vie ne sera pareille, je bascule ailleurs, je suis sûre de te préférer à tout, toujours. Je marche de long en large, fenêtres fermées, volets clos, la maison explose. Je n'ai vécu jusqu'à ce jour que pour le voir. Je t'ai attendue, attendue. C'est parce que je t'aime d'amour que lorsque tu es là, proche, je suis entière. Cette rondeur lisse, élastique, indéformable qui m'a tant étonnée, que je n'ai pas su nommer, ce soir je la reconnais enfin.

Fenêtres fermées, portes closes, je traverse la ville, je monte l'escalier de la rue du Manège, je me glisse auprès de toi qui dors dans le grand lit. Si je pouvais t'éveiller à distance, tu saurais tout de suite que notre vie a commencé. Comment ai-je pu l'ignorer si longtemps? Je t'écris que je t'aime, pour la première fois je t'écris le fond de la vérité entière, je laisse les mots me brûler, je vais au bout, je ne retiens pas, je vis en t'écrivant. J'écris la première lettre de ma vie. Rien ne bouge dans la maison, les heures passent sans que je les sente. Un peu avant le matin, je me couche dans mon lit froid, aux draps bien tirés. Je m'endors un court moment, la lettre contre moi. Le jour venu, je cours, je te l'envoie, je n'entends rien de tout ce qui se dit dans la petite salle obscure.

Tu ne pourras pas me répondre ici. Risquant un retard, le lendemain je vais jusqu'à ta chambre, espérant que tu y seras. Tu y es. Je sais tout de suite. Tu m'embrasses à en mourir. Nous ne pouvons plus rester debout, nous nous couchons.

Décembre, janvier, février. L'hiver. Les mercredis, qui nous semblent séparés les uns des autres par des mois, ne durent qu'un éclair. Le temps saute, bouscule les minutes quand nous sommes ensemble. Trois fois, à propos d'une activité du soir, je peux passer la nuit avec toi.

Un territoire immense nous est accordé jusqu'au matin où la fatigue nous endort, nues dans la chaleur du lit que cerne le froid de la chambre. Mon ignorance n'a d'égale que la tienne, mon trouble n'a d'égal que le tien, la même passion nous dévore tarissant la salive, science non sue d'avance, lenteurs à perdre le cœur.

Une nuit de février nous traversons la place Stanislas, de la rue Héré à la porte d'Alliance, dans un froid bleu, impitoyable. Jamais je n'ai vu la place ainsi. Figée, hiératique sous la lumière de la pleine lune. Malgré le froid, moins vingt degrés peut-être, serrées l'une contre l'autre nous la regardons longtemps, puis nous courons dans cette rue déserte qui nous sépare de la rue du Manège. Le poêle à bois s'est éteint. Nous faisons du feu. Cette nuit-là est celle du sang.

La contention de ma vie, je ne la sens plus. Je protège le noyau d'intensité par des manœuvres innocentes et maintenant un seul projet nous habite, vivre ensemble. Mars, fastueusement, nous donne trois jours et trois nuits de suite à Sion, lors d'un rassemblement étudiant, mais nous ne saurions nous contenter d'un temps fragmenté, rare.

Un après-midi, très peu de jours après, dans son immense pièce de travail tapissée de livres,

Jean Streiff, aumônier des étudiants, m'écoute. Son regard souvent s'échappe vers la fenêtre, vers les arbres encore nus du cours Léopold. Je lui dis que nous désirons vivre ensemble, que nous voulons en prendre les moyens. La réaction de nos familles va se manifester violemment, pourra-t-il alors nous aider à les convaincre de la nécessité pour nous de nous aimer librement, sans clandestinité ? Pourra-t-il nous soutenir ?

Il m'a fallu beaucoup d'efforts l'année dernière pour parler de moi-même à Jean Streiff. J'étais attirée par l'ouverture de son enseignement mais son air goguenard m'arrêtait. J'y suis allée prudemment et j'ai trouvé en lui une écoute dénuée de componction et de complaisance. J'ai pensé que je pouvais avoir confiance en lui. Devant ma sincérité totale d'aujourd'hui, il ne se détournera pas.

Je n'ai pas su que j'étais d'une naïveté insondable. Une confiance d'une autre nature — une confiance qui vous porte à recevoir en vous des directives difficiles et à intérioriser des conseils dont le but est de vous dépouiller de votre moi haïssable —, c'est ce que toute voie religieuse exige de vous face à un directeur de conscience. À aucun moment il ne peut s'agir de confiance humaine simple, fondée sur la compréhension réciproque. C'est ce que j'oublie ce jour-là. Jean Streiff en effet ne se détourne pas. Touché par ma sincérité, désarmé peut-être, il retrouve vite le sens de son rôle. Ce ne sont pas les intentions qui comptent, il ne doute pas un instant de ce qu'il nomme mon attachement à Marie-Claire mais si j'aime Dieu, si Dieu pour moi représente autre chose qu'un culte formel, je dois y renoncer. L'amitié est le seul lien que je puisse avoir avec elle. Surtout que je ne m'y trompe pas, ce n'est pas la morale qui lui inspire sa réponse, non, c'est l'amour de Dieu qui a fait l'être humain homme et femme, qui nous a signifié sa volonté par les lois naturelles. Nous devons nous y conformer, elles sont inscrites en nous si nous savons les lire. Ce renoncement me coûtera, il le sait, il me soutiendra de son mieux. Je peux compter sur lui. Mais surtout, ce point est capital, je dois garder le secret le plus absolu, taire cette entrevue à Marie-Claire et trouver un moyen de m'éloigner. De m'éloigner charnellement, s'entend. Elle est la plus jeune, c'est moi qui ai fait le premier pas vers elle, c'est donc à moi de reculer. En un sens je suis responsable d'elle, de son âme. C'est de moi qu'il dépend qu'elle ne perde pas Dieu. Si j'aime Marie-Claire plus que moi-même comme il semble que ce soit, je dois l'aimer au-delà d'elle-même et sacrifier le bonheur immédiat à la Joie véritable.

Dans sa bouche, je repère la majuscule. La Joie véritable. Il y en avait un, dans la campagne d'Assise, qui était prêt à tout échanger contre la joie parfaite. Que puis-je répondre ? Je n'ai pas l'orgueil de dire, même d'une voix timide, que je suis dans la nature, que la nature m'a portée avec autant d'amour que les autres. Où l'aurais-je rencontrée, elle, sinon dans la nature ? Et la guerre ? On dit qu'elle est dans la nature de l'homme. Pour une fois j'ai manqué d'orgueil. Les vraies réponses ne me sont apparues que beaucoup plus tard mais j'étais alors dispersée, démembrée, j'avais perdu l'élan qui unifie.

Jean Streiff est aujourd'hui évêque de Nevers. Peut-être cette histoire très ancienne émerge-t-elle en sa mémoire, parfois. Il a fait son devoir, il a dispensé le dogme, et, s'il l'a dispensé avec compassion, lui seul peut en répondre. Mais il a commis tranquillement un crime. Celui d'avoir utilisé le secret comme outil de séparation, comme levier de dislocation, et d'avoir regardé se disjoindre avec des craquements insoutenables le corps d'amour, car j'ai obéi.

Est-ce vraiment un après-midi de l'été 1979 que le flux des pensées, faisant retour, a rejoint les détails de l'enfance ? Est-ce dans cette rue de l'Isle-sur-Sorgue que tout a commencé ?

Ils sont là, assis dans cette chambre qu'ils m'ont offerte à Paris, eux, mon père, ma mère. Vingt-six ans ont passé depuis mars 1953. Nous avons vieilli. Léonie-Cécile, Arsène sont morts. Les vergers abandonnés donnent encore de rares fruits plus ou moins récoltés. La maison de la rue du Haras appartient à d'autres. Le petit René est mort le premier. Tout a disparu de ce monde-là, blanc pour mes yeux d'enfant, blanc par le passage de la mort.

J'arrivais sur une immense place, il me fallait contourner un édifice blanc, la synagogue, et je voyais alors les Juifs morts, debout, agrégés les uns aux autres afin de résister à un vent violent. Je n'étais pas très effrayée, je me disais que grand-mère ne me conduisait jamais dans ce quartier, jamais à la synagogue. Seulement à l'église dont les murs badigeonnés de rose pâle me plaisaient moins que ce lieu vide, cette place sans maisons, sans arbres.

Par ce rêve ancien, récurrent, j'avais été avertie du non-retour des Juifs de Rosières-aux-Salines plus vite que par les nouvelles officielles.

Ils sont là, mon père, ma mère. Nous avons en commun ce monde de Rosières-aux-Salines, tendre, vigoureux. Mais pour eux je n'ai pas grandi et ils sont mes juges. Ce que j'ai traversé seule, ce qui appartient à ma vie, ils le rejettent. « Dis-moi combien ta faute mérite de coups. Trente ? Quarante ? » et il lève son martinet de cuir. Ma faute vaut à ses yeux, à leurs yeux, des milliers de coups. Il s'épuiserait à me les donner. Il vaudrait mieux que tu sois morte, pense ma mère. Et elle le dit. Il vaudrait mieux que tu sois une femme légère et que tu aies des amants nombreux. Tout, mais pas ça. Tout, la guerre, la prostitution, la violence, la torture, l'excision, les mutilations, la délation, la corruption, le mensonge, l'hypocrisie, l'injustice, le crime, le viol. Car je ne les entends jamais protester avec cette âpreté qu'ils déversent sur moi parce que je t'ai rejointe, Marie-Claire, après sept ans de douleur. Vivre avec toi depuis presque vingt ans leur apparaît comme le crime des crimes.

Quand je me suis mariée six mois après, la mort dans l'âme et succombant sous le poids de l'injustifiable secret, ils ont organisé un mariage français. Ils ont dressé une longue table entre la salle à manger et l'ancienne cuisine devenue salon. Ils ont écarté le canapé vert, les fauteuils verts. Pour eux c'était une aubaine. Encore mineure, je passais de l'autorité d'un père à celle d'un mari. Les êtres de ma sorte, on ne peut les laisser aller seuls. Indépendants, rétifs, ils ont besoin d'être matés à vie.

Ils ont senti qu'un drame m'environnait mais ils n'ont pas essayé de savoir. Seule l'apparence compte. Et moi j'épousais cet homme parce qu'il m'avait dit qu'il ne m'aimerait jamais. Je m'enfermais de mes propres mains dans une forteresse de règles. Le mariage est indissoluble, disent les prêtres. Le mariage mais pas l'amour. L'amour, on peut l'arracher comme du chiendent, surtout entre deux femmes. C'est un service à rendre au corps social.

La joie parfaite qui ne saurait s'enraciner dans le gâchis, la joie parfaite des renoncements libres, n'est pas venue. Parfois je te rencontrais, tu n'étais qu'une plaie vive. Et toujours, sur nous, ce silence mortel. À vingt-cinq ans, j'avais mis au monde trois enfants. Eux, au moins, étaient une totalité intouchée. Dès leur naissance j'étais sûre, parce que je les aimais, d'écouter en eux leur musique.

Ils sont là, mon père, ma mère. Tout autour, le froid de janvier, je suis venue pour mon père. Un médecin le recevra tout à l'heure. Il est inquiet. Je suis venue leur adoucir la ville, inhospitalière à ceux qui ne la connaissent pas. Ils m'ont, seule, devant eux. Ils ne désarment pas. « Tu as laissé deux enfants sur trois pour divorcer, c'est ignoble, c'est indigne d'une mère. » Durant deux jours entiers, ils m'assaillent, ils m'humilient, ils s'efforcent d'anéantir, par des mots cinglants dont ils savent d'instinct la cruauté, ce que je suis, moi, la même.

Oui, je me suis levée un jour. J'ai pensé c'est fini, j'ai vécu un cauchemar. Pour rétablir l'unité ancienne et réparer l'injustice, pour réincorporer l'amour, j'ai dû faire souffrir cet homme qui ne m'aimait pas mais qui m'aimait bien et surtout, alors même que vous étiez encore si jeunes, je vous ai demandé, Catherine, François, le sacrifice de ma présence constante. Présente, je le serais mais pas à la façon des mères. C'était terrible, vous ne pouviez pas comprendre. Et toi Dominique, la plus petite, soudain tu ne voyais plus ton père chaque jour. Je n'étais plus, sauf en vacances, celle qui assiste aux mues infimes, celle qui rassure avec la nourriture, celle qui atténue sur vous le ponçage des jours. Mais j'espérais, plus fortement que notre souffrance diffuse, vous léguer un trésor que les vers ne peuvent ravir : la volonté de ne jamais vous laisser déposséder de vous-mêmes puisque en vous est enfoui ce dont vous avez besoin. Là, nulle part ailleurs au monde.

Beaucoup plus tard, j'ai lu une parole qui, pour la suite des jours qu'il me reste à vivre, suffit. J'ai entendu Ibn 'Arabî parler de l'Intelligence agente, de l'Esprit intérieur propre à chacun de nous. Ce maître silencieux, invisible, qu'il appelle « l'Ange », agit sur nous sans aucune médiation ; lui seul peut nous guider sans nous dévier. La grossière approximation des conseils d'un « directeur de conscience », j'ai appris dans les larmes où elle mène, à quel néant.

Mais vous êtes là, vous, mes parents, et vous me dites : « Tu dois te remarier. » Que faudra-t-il pour vous ouvrir les yeux ? Depuis presque vingt ans je vis avec elle, depuis presque trente ans je l'aime et je n'ai jamais aimé qu'elle. Vous qui m'avez donné naissance, ne sentez-vous pas que là est ma voie ? La paternité, la maternité ne devraient-elles pas éveiller un instinct ? M'avez-vous regardée, m'avez-vous comprise ? M'avez-vous aimée ? Vous m'avez aidée matériellement, vous m'avez donné de cet argent que vous possédez, mais la seule chose que j'attende de mon père et de ma mère, où l'avez-vous égarée ? « Sur mon lit de mort, je te maudirai », dit ma mère.

Pourquoi, pour moi seule, t'ai-je appelée Sarah ? Je lis les signes, les balises, je vois les étapes qui m'ont conduite vers toi, vers la chambre de la rue du Manège. Je sens comment, dans une judéité reconstruite où dorment les figures — mon amie du conservatoire, Henri Samuel et les autres —, toi, dont la beauté semble venir tout droit des terres de Canaan, je t'ai nommée ainsi. Tu es celle qui vient dans les lieux que j'aime : familiers, effacés presque, emplis de chaleur perceptible, ou vides, sonores, blancs, les terrasses, les dalles, les belvédères. Si je sais quelque chose, un fragment de réalité, c'est à cause de ta venue dans le triangle vergers-cimetières-judéité. Tu as touché aux fruits, à la mort, au mythe, aux trois ensemble dans un unique mouvement. Tu as ouvert le désir, le plaisir, l'écriture, états qui étaient en gésine dans mon corps, dans l'interrogation pressante et déterminée que j'endurais. Bien que tu sois venue très tôt, longue a été l'attente de toi, puis ta lumière a fait pâlir la préfiguration de toi en moi.

M.C.

Oui, c'est là, dans la minable chambre de l'hôtel, durant la nuit blanche qui sépara ces deux jours d'invectives que, dans l'amère sensation d'être trahie par mon père, j'ai opéré le retour vers l'enfance. Sans m'en douter, tandis que dans la nuit glaciale les gens sortaient du cinéma où ils avaient vu un film de Woody Allen, et bien plus tard encore, le carrefour de l'Odéon menant sa vie infatigable. J'ai peu dormi entre les draps que mon corps sans toi ne réchauffait pas. Quand je suis rentrée ici, dans notre maison, les semaines, les mois n'ont pu atténuer cette pesanteur.

Mais c'est dans la rue de l'Isle-sur-Sorgue, puis dans la poissonnerie, qu'une évidence m'a submergée : parler aux morts, même s'ils entendent, ne sert à rien. C'est ici et maintenant qu'il faut essayer de dire « le profond, le fin fond du plus profond des fonds » où le dragon se tapit dans les eaux glauques, couvrant de son corps écailleux le trésor lisse, la sphère parfaite, comme dans les contes de Brocéliande.

Au cours de l'hiver, dans l'une des salles du musée Guimet, devant une statuette funéraire de terre cuite, je ressentis un choc bizarre. Très longtemps je restai à contempler cette femme assise dont l'attitude est celle de qui fait halte au bord d'un chemin. L'étiquette de la vitrine indique : Voyageuse. Époque Sui, début du VIIe siècle. Mais il n'est pas besoin de lire « voyageuse » pour savoir cette femme en route. Plusieurs fois je revins la voir et le même choc se renouvela. Quelque chose me pousse à être attentive aux signes. Celui-là en était un puisque la même émotion, se répétait. Cette statuette, de vingt centimètres de hauteur environ, ne possède peut-être rien de plus que celles qui l'entourent, toutes se caractérisent par une très grande beauté, une couleur de terre vieillie et préservée à la fois. Pour moi cependant elle diffère profondément. Au VIIe siècle comme aujourd'hui, un voyage exige que l'on ne s'encombre pas. Le costume de cette femme n'a rien des préciosités, des afféteries de l'époque, visibles dans celui des autres femmes dont on a modelé la silhouette. Elle porte une sorte de sarrau à manches longues, bien ajusté à la taille et, surtout, elle a couvert ses cheveux d'une cagoule qui laisse tout juste passer son visage, touche le haut de ses épaules et masque son cou. Sa main gauche entoure son genou dans une pose familière et son bras droit est replié sur sa poitrine. Elle incline légèrement le buste en avant comme pour amorcer le mouvement de se relever. On sent qu'elle ne traînera pas, qu'elle poursuit un but. Sans doute est-elle encore assez jeune pour supporter les fatigues du voyage mais elle me paraît bien éloignée de l'âge d'une jeune fille qui d'ailleurs n'aurait pas couru les grands chemins en Chine, au VIIe siècle. Si l'on a voulu conserver d'elle ce souvenir de femme en marche, c'est que, sans doute, sa vie se passait en voyages ou que, peut-être, elle a accompli une mission lointaine d'une importance particulière pour elle ou pour le groupe auquel elle appartenait. Treize siècles plus tard, en Europe, on ne peut rien savoir de plus. Mais l'essentiel pour moi ne réside pas là. On ne s'approche pas d'une statuette funéraire sans avoir la mort présente à l'esprit. Le silence des tombes a suivi les statuettes jusqu'aux vitrines du musée Guimet. Dans un poème ancien, *Parfois un signe*, j'ai écrit « ... savoir que la mort est d'un instant à l'autre, qu'il n'y a nul geste à faire sinon celui de s'asseoir au rang des scabieuses, dans le plus absolu recul ». Cette femme, en admettant que ces fleurs très communes existent en Chine, est assise au rang des scabieuses et son attitude pourtant familière porte en elle un absolu recul, non pas un recul de peur mais un retrait en elle-même. Quand je l'ai vue pour la première fois, elle a été immédiatement la figure de l'attente simple de la mort. Je n'ai pensé au poème que bien plus tard. Cette voyageuse accepte d'être surprise par la mort d'un instant à l'autre, quelque chose en elle me le dit. Elle est prête à se lever au moindre signe, sans bruit, elle passera aussi inaperçue qu'une scabieuse, fleur à laquelle personne ne fait attention. Mais ce n'est pas tout. À force de la regarder, un détail que j'aurais dû percevoir tout de suite m'a frappée. Cette cagoule qu'elle porte vers le haut de la tête évoque irrésistiblement le gland d'un phallus. On y voit même le pli du prépuce. Pour voyager seule sur les chemins déserts, il faut de l'endurance, de la force, elle les puise en elle-même. On lui a fait un visage d'une douceur active, le sculpteur a uni la concentration sous les paupières baissées au courage attribué d'habitude aux hommes et symbolisé par cette coiffure qui est proche du heaume. Assise modestement, sobrement, elle laisse émaner de sa personne le masculin et le féminin. Ce que nous sommes tous et que nous oublions toujours.

Si j'ai été si fortement attirée, troublée par cette statuette, c'est que le hasard m'a mise en sa présence un de ces jours fragiles durant lesquels on écrit un livre, à l'un de ces moments où il semble que la peau s'est affinée au point de se déchirer. J'ai espéré être en moi-même cette voyageuse pleine de force, de douceur et en même temps prête à mourir. J'ai espéré, Marie-Claire/Sarah, qu'en chemin, la Chine étant ce grand pays qu'on sait, j'avais vraiment rencontré l'autre voyageuse dont l'existence était signalée mais on ne savait où. L'autre voyageuse au corps de douceur active.

Un de ces jours-là, j'ai appris que Mattaincourt venait de brûler entièrement. Pas le village, mais la grande maison grège en haut de la côte. L'incendie avait pris dans le grenier, vers le clocher. J'ai imaginé le brasier, si proche de la triple rangée des tilleuls. J'ai eu mal. Ensuite j'ai pensé que l'effacement des traces fait partie du but.

Il reste la musique. Celle que nous écoutons ensemble aujourd'hui. Non, mon père, non, ma mère, je ne jouerai jamais *España*. Sur le piano que vous m'aviez offert, je ne joue plus depuis longtemps. Il reste la musique dont l'autre, celle qui habite la jubilation exacte de Jean-Sébastien Bach, est la compagne. Il reste la musique qui précède les instruments, qui contient, serrés dans le silence, des sons que nous sommes seules à reconnaître.

DU MÊME AUTEUR

Au Mercure de France

LES BONHEURS, *roman.*

LES AMANTES, *roman.*

JOUE-NOUS *ESPAÑA*, *roman* (prix Femina 1980) (Folio n° 1375).

SIGNES D'AIR, *poèmes.*

HISTOIRE DE VOLUBILIS, *roman.*

LE CAHIER VERT, JOURNAL 1961-1989.

LE SEL.

LA FEMME SANS TOMBE, *roman.*

LES AMANTES OU TOMBEAU DE C. (Folio n° 1698). *Version complète et définitive.*

LA NOURRITURE DE JUPITER. Variations sur les nourritures mentales.

JOURNAL 1990-2000, une vie d'écrivain.

PORTRAIT D'HOMME AU CRÉPUSCULE, *roman* (prix Erckmann-Chatrian 2001).

COMME ON PARLE À LA NUIT TOMBÉE, *roman.*

LE SOLSTICE D'HIVER, JOURNAL 2001-2007.

Chez d'autres éditeurs

FEU DE ROUE, *poèmes,* Fata Morgana. Lithographie de Zao Wou-ki.

SAVOIR DE VULCAIN, *poèmes,* Fata Morgana. Gravures d'Arpad Szenes.

TERRESTRES, *poèmes,* Fata Morgana. Peintures originales d'Anne Walker.

ARPAD SZENES, *monographie,* Le Musée de poche.

LETTRE À ARPAD SZENES, L'Échoppe.

CLAIRE PICHAUD. 3 VIES (*une bio-monographie*), Éditions du Regard.

ÉLOGE DU JAUNE, L'Échoppe.

Tirage limité avec, selon les exemplaires, une œuvre originale de O. Debré, M. Frydman, S. Jaffe, P. Nivollet, S. Ort, C. Pichaud, E. Pignon-Ernest, D. Thiolat, C. Viallat, J. Voss.

Livres d'artiste

GRAVÉ, ÉCRIT, UN HIVER À SAUMANES-DE-VAUCLUSE, *poème.* Gravure de Piza.

LES JOURS, *texte manuscrit sur un livre-collage* de Bertrand Dorny.

VISA POUR DES VISAGES, *texte manuscrit sur un livre-collage* de Bertrand Dorny.

LA VOIX SANS TIMBRE, *poème manuscrit.* Pastels sur gouache d'Anne Walker.

COLLECTION FOLIO

Dernières parutions

4691. Thierry Taittinger	*Un enfant du rock.*
4692. Anton Tchékhov	*Récit d'un inconnu* et autres nouvelles.
4693. Marc Dugain	*Une exécution ordinaire.*
4694. Antoine Audouard	*Un pont d'oiseaux.*
4695. Gérard de Cortanze	*Laura.*
4696. Philippe Delerm	*Dickens, barbe à papa.*
4697. Anonyme	*Le Coran.*
4698. Marguerite Duras	*Cahiers de la guerre* et autres textes.
4699. Nicole Krauss	*L'histoire de l'amour.*
4700. Richard Millet	*Dévorations.*
4701. Amos Oz	*Soudain dans la forêt profonde.*
4702. Boualem Sansal	*Poste restante : Alger.*
4703. Bernhard Schlink	*Le retour.*
4704. Christine Angot	*Rendez-vous.*
4705. Éric Faye	*Le syndicat des pauvres types.*
4706. Jérôme Garcin	*Les sœurs de Prague.*
4707. Denis Diderot	*Salons.*
4708. Isabelle de Charrière	*Sir Walter Finch et son fils William.*
4709. Madame d'Aulnoy	*La Princesse Belle Étoile et le prince Chéri.*
4710. Isabelle Eberhardt	*Amours nomades.*
4711. Flora Tristan	*Promenades dans Londres.*
4712. Mario Vargas Llosa	*Tours et détours de la vilaine fille.*
4713. Camille Laurens	*Philippe.*
4714. John Cheever	*The Wapshot.*
4715. Paule Constant	*La bête à chagrin.*
4716. Erri De Luca	*Pas ici, pas maintenant.*
4717. Éric Fottorino	*Nordeste.*
4718. Pierre Guyotat	*Ashby* suivi de *Sur un cheval.*
4719. Régis Jauffret	*Microfictions.*
4720. Javier Marías	*Un cœur si blanc.*

4721. Irène Némirovsky	*Chaleur du sang.*
4722. Anne Wiazemsky	*Jeune fille.*
4723. Julie Wolkenstein	*Happy End.*
4724. Lian Hearn	*Le vol du héron. Le Clan des Otori, IV.*
4725. Madame d'Aulnoy	*Contes de fées.*
4726. Collectif	*Mai 68, Le Débat.*
4727. Antoine Bello	*Les falsificateurs.*
4728. Jeanne Benameur	*Présent ?*
4729. Olivier Cadiot	*Retour définitif et durable de l'être aimé.*
4730. Arnaud Cathrine	*La disparition de Richard Taylor.*
4731. Maryse Condé	*Victoire, les saveurs et les mots.*
4732. Penelope Fitzgerald	*L'affaire Lolita.*
4733. Jean-Paul Kauffmann	*La maison du retour.*
4734. Dominique Mainard	*Le ciel des chevaux.*
4735. Marie Ndiaye	*Mon cœur à l'étroit.*
4736. Jean-Christophe Rufin	*Le parfum d'Adam.*
4737. Joseph Conrad	*Le retour.*
4738. Roald Dahl	*Le chien de Claude.*
4739. Fédor Dostoïevski	*La femme d'un autre et le mari sous le lit.*
4740. Ernest Hemingway	*La capitale du monde* suivi de *L'heure triomphale de Francis Macomber.*
4741. H.P. Lovecraft	*Celui qui chuchotait dans les ténèbres.*
4742. Gérard de Nerval	*Pandora* et autres nouvelles.
4743. Juan Carlos Onetti	*À une tombe anonyme.*
4744. R.L. Stevenson	*La Chaussée des Merry Men.*
4745. H.D. Thoreau	*« Je vivais seul, dans les bois ».*
4746. Michel Tournier	*L'aire du Muguet* précédé de *La jeune fille et la mort.*
4747. Léon Tolstoï	*La Tempête de neige* et autres récits.
4748. Tonino Benacquista	*Le serrurier volant.*
4749. Bernard du Boucheron	*Chien des os.*
4750. William S. Burroughs	*Junky.*
4751. Françoise Chandernagor	*La voyageuse de nuit.*
4752. Philippe Delerm	*La tranchée d'Arenberg et autres voluptés sportives.*
4753. Franz-Olivier Giesbert	*L'affreux.*

4754. Andrea Levy	*Hortense et Queenie.*
4755. Héléna Marienské	*Rhésus.*
4756. Per Petterson	*Pas facile de voler des chevaux.*
4757. Zeruya Shalev	*Thèra.*
4758. Philippe Djian	*Mise en bouche.*
4759. Diane de Margerie	*L'Étranglée.*
4760. Joseph Conrad	*Le Miroir de la mer.*
4761. Saint Augustin	*Confessions. Livre X.*
4762. René Belletto	*Ville de la peur.*
4763. Bernard Chapuis	*Vieux garçon.*
4764. Charles Julliet	*Au pays du long nuage blanc.*
4765. Patrick Lapeyre	*La lenteur de l'avenir.*
4766. Richard Millet	*Le chant des adolescentes.*
4767. Richard Millet	*Cœur blanc.*
4768. Martin Amis	*Chien Jaune.*
4769. Antoine Bello	*Éloge de la pièce manquante.*
4770. Emmanuel Carrère	*Bravoure.*
4771. Emmanuel Carrère	*Un roman russe.*
4772. Tracy Chevalier	*L'innocence.*
4773. Sous la direction d'Alain Finkielkraut	*Qu'est-ce que la France ?*
4774. Benoît Duteurtre	*Chemins de fer.*
4775. Philippe Forest	*Tous les enfants sauf un.*
4776. Valentine Goby	*L'échappée.*
4777. Régis Jauffret	*L'enfance est un rêve d'enfant.*
4778. David McNeil	*Angie ou les douze mesures d'un blues.*
4779. Grégoire Polet	*Excusez les fautes du copiste.*
4780. Zoé Valdés	*L'éternité de l'instant.*
4781. Collectif	*Sur le zinc. Au café avec les écrivains.*
4782. Francis Scott Fitzgerald	*L'étrange histoire de Benjamin Button* suivi de *La lie du bonheur.*
4783. Lao She	*Le nouvel inspecteur* suivi de *Le croissant de lune.*
4784. Guy de Maupassant	*Apparition et autres contes de l'étrange.*
4785. D. A. F. de Sade	*Eugénie de Franval.*
4786. Patrick Amine	*Petit éloge de la colère.*
4787. Élisabeth Barillé	*Petit éloge du sensible.*
4788. Didier Daeninckx	*Petit éloge des faits divers.*
4789. Nathalie Kuperman	*Petit éloge de la haine.*
4790. Marcel Proust	*La fin de la jalousie.*

4791. Friedrich Nietzsche	*Lettres choisies.*
4792. Alexandre Dumas	*La Dame de Monsoreau.*
4793. Julian Barnes	*Arthur & George.*
4794. François Bégaudeau	*Jouer juste.*
4795. Olivier Bleys	*Semper Augustus.*
4796. Éric Fottorino	*Baisers de cinéma.*
4797. Jens Christian Grøndahl	*Piazza Bucarest.*
4798. Orhan Pamuk	*Istanbul.*
4799. J.-B. Pontalis	*Elles.*
4800. Jean Rolin	*L'explosion de la durite.*
4801. Willy Ronis	*Ce jour-là.*
4802. Ludovic Roubaudi	*Les chiens écrasés.*
4803. Gilbert Sinoué	*Le colonel et l'enfant-roi.*
4804. Philippe Sollers	*L'évangile de Nietzsche.*
4805. François Sureau	*L'obéissance.*
4806. Montesquieu	*Considérations sur les causes de la grandeur des Romains et de leur décadence.*
4807. Collectif	*Des nouvelles de McSweeney's.*
4808. J. G. Ballard	*Que notre règne arrive.*
4809. Erri De Luca	*Sur la trace de Nives.*
4810. René Frégni	*Maudit le jour.*
4811. François Gantheret	*Les corps perdus.*
4812. Nikos Kavvadias	*Le quart.*
4813. Claudio Magris	*À l'aveugle.*
4814. Ludmila Oulitskaïa	*Mensonges de femmes.*
4815. Arto Paasilinna	*Le bestial serviteur du pasteur Huuskonen.*
4816. Alix de Saint-André	*Il n'y a pas de grandes personnes.*
4817. Dai Sijie	*Par une nuit où la lune ne s'est pas levée.*
4818. Antonio Tabucchi	*Piazza d'Italia.*
4819. Collectif	*Les guerres puniques.*
4820. Patrick Declerck	*Garanti sans moraline.*
4821. Isabelle Jarry	*Millefeuille de onze ans.*
4822. Joseph Kessel	*Ami, entends-tu...*
4823. Clara Sánchez	*Un million de lumières.*
4824. Denis Tillinac	*Je nous revois...*
4825. George Sand	*Elle et Lui.*
4826. Nina Bouraoui	*Avant les hommes.*
4827. John Cheever	*Les lumières de Bullet Park.*

4828. Didier Daeninckx *La mort en dédicace.*
4829. Philippe Forest *Le nouvel amour.*
4830. André Gorz *Lettre à D.*
4831. Shirley Hazzard *Le passage de Vénus.*
4832. Vénus Khoury-Ghata *Sept pierres pour la femme adultère.*
4833. Danielle Mitterrand *Le livre de ma mémoire.*
4834. Patrick Modiano *Dans le café de la jeunesse perdue.*
4835. Marisha Pessl *La physique des catastrophes.*
4837. Joy Sorman *Du bruit.*
4838. Brina Svit *Coco Dias ou La Porte Dorée.*
4839. Julian Barnes *À jamais* et autres nouvelles.
4840. John Cheever *Une Américaine instruite* suivi d'*Adieu, mon frère.*
4841. Collectif *«Que je vous aime, que je t'aime !»*
4842. André Gide *Souvenirs de la cour d'assises.*
4843. Jean Giono *Notes sur l'affaire Dominici.*
4844. Jean de La Fontaine *Comment l'esprit vient aux filles.*
4845. Yukio Mishima *Papillon* suivi de *La lionne.*
4846. John Steinbeck *Le meurtre* et autres nouvelles.
4847. Anton Tchékhov *Un royaume de femmes* suivi de *De l'amour.*
4848. Voltaire *L'Affaire du chevalier de La Barre* précédé de *L'Affaire Lally.*
4849. Victor Hugo *Notre-Dame de Paris.*
4850. Françoise Chandernagor *La première épouse.*
4851. Collectif *L'œil de La NRF.*
4852. Marie Darrieussecq *Tom est mort.*
4853. Vincent Delecroix *La chaussure sur le toit.*
4854. Ananda Devi *Indian Tango.*
4855. Hans Fallada *Quoi de neuf, petit homme ?*
4856. Éric Fottorino *Un territoire fragile.*
4857. Yannick Haenel *Cercle.*
4858. Pierre Péju *Cœur de pierre.*
4859. Knud Romer *Cochon d'Allemand.*
4860. Philip Roth *Un homme.*
4861. François Taillandier *Il n'y a personne dans les tombes.*
4862. Kazuo Ishiguro *Un artiste du monde flottant.*

4863. Christian Bobin	*La dame blanche.*
4864. Sous la direction d'Alain Finkielkraut	*La querelle de l'école.*
4865. Chahdortt Djavann	*Autoportrait de l'autre.*
4866. Laura Esquivel	*Chocolat amer.*
4867. Gilles Leroy	*Alabama Song.*
4868. Gilles Leroy	*Les jardins publics.*
4869. Michèle Lesbre	*Le canapé rouge.*
4870. Carole Martinez	*Le cœur cousu.*
4871. Sergio Pitol	*La vie conjugale.*
4872. Juan Rulfo	*Pedro Páramo.*
4873. Zadie Smith	*De la beauté.*
4874. Philippe Sollers	*Un vrai roman. Mémoires.*
4875. Marie d'Agoult	*Premières années.*
4876. Madame de Lafayette	*Histoire de la princesse de Montpensier* et autres nouvelles.
4877. Madame Riccoboni	*Histoire de M. le marquis de Cressy.*
4878. Madame de Sévigné	*«Je vous écris tous les jours...»*
4879. Madame de Staël	*Trois nouvelles.*
4880. Sophie Chauveau	*L'obsession Vinci.*
4881. Harriet Scott Chessman	*Lydia Cassatt lisant le journal du matin.*
4882. Raphaël Confiant	*Case à Chine.*
4883. Benedetta Craveri	*Reines et favorites.*
4884. Erri De Luca	*Au nom de la mère.*
4885. Pierre Dubois	*Les contes de crimes.*
4886. Paula Fox	*Côte ouest.*
4887. Amir Gutfreund	*Les gens indispensables ne meurent jamais.*
4888. Pierre Guyotat	*Formation.*
4889. Marie-Dominique Lelièvre	*Sagan à toute allure.*
4890. Olivia Rosenthal	*On n'est pas là pour disparaître.*
4891. Laurence Schifano	*Visconti.*
4892. Daniel Pennac	*Chagrin d'école.*
4893. Michel de Montaigne	*Essais I.*
4894. Michel de Montaigne	*Essais II.*
4895. Michel de Montaigne	*Essais III.*

4896. Paul Morand	*L'allure de Chanel.*
4897. Pierre Assouline	*Le portrait.*
4898. Nicolas Bouvier	*Le vide et le plein.*
4899. Patrick Chamoiseau	*Un dimanche au cachot.*
4900. David Fauquemberg	*Nullarbor.*
4901. Olivier Germain-Thomas	*Le Bénarès-Kyôto.*
4902. Dominique Mainard	*Je voudrais tant que tu te souviennes.*
4903. Dan O'Brien	*Les bisons de Broken Heart.*
4904. Grégoire Polet	*Leurs vies éclatantes.*
4905. Jean-Christophe Rufin	*Un léopard sur le garrot.*
4906. Gilbert Sinoué	*La Dame à la lampe.*
4907. Nathacha Appanah	*La noce d'Anna.*
4908. Joyce Carol Oates	*Sexy.*
4909. Nicolas Fargues	*Beau rôle.*
4910. Jane Austen	*Le Cœur et la Raison.*
4911. Karen Blixen	*Saison à Copenhague.*
4912. Julio Cortázar	*La porte condamnée* et autres nouvelles fantastiques.
4913. Mircea Eliade	*Incognito à Buchenwald...* précédé d'*Adieu !...*
4914. Romain Gary	*Les trésors de la mer Rouge.*
4915. Aldous Huxley	*Le jeune Archimède* précédé de *Les Claxton.*
4916. Régis Jauffret	*Ce que c'est que l'amour* et autres microfictions.
4917. Joseph Kessel	*Une balle perdue.*
4918. Lie-tseu	*Sur le destin* et autres textes.
4919. Junichirô Tanizaki	*Le pont flottant des songes.*
4920. Oscar Wilde	*Le portrait de Mr. W.H.*
4921. Vassilis Alexakis	*Ap. J.-C.*
4922. Alessandro Baricco	*Cette histoire-là.*
4923. Tahar Ben Jelloun	*Sur ma mère.*
4924. Antoni Casas Ros	*Le théorème d'Almodóvar.*
4925. Guy Goffette	*L'autre Verlaine.*
4926. Céline Minard	*Le dernier monde.*
4927. Kate O'Riordan	*Le garçon dans la lune.*
4928. Yves Pagès	*Le soi-disant.*
4929. Judith Perrignon	*C'était mon frère...*
4930. Danièle Sallenave	*Castor de guerre*
4931. Kazuo Ishiguro	*La lumière pâle sur les collines.*
4932. Lian Hearn	*Le Fil du destin. Le Clan des Otori.*

4933. Martin Amis	*London Fields.*
4934. Jules Verne	*Le Tour du monde en quatre-vingts jours.*
4935. Harry Crews	*Des mules et des hommes.*
4936. René Belletto	*Créature.*
4937. Benoît Duteurtre	*Les malentendus.*
4938. Patrick Lapeyre	*Ludo et compagnie.*
4939. Muriel Barbery	*L'élégance du hérisson.*
4940. Melvin Burgess	*Junk.*
4941. Vincent Delecroix	*Ce qui est perdu.*
4942. Philippe Delerm	*Maintenant, foutez-moi la paix!*
4943. Alain-Fournier	*Le grand Meaulnes.*
4944. Jerôme Garcin	*Son excellence, monsieur mon ami.*
4945. Marie-Hélène Lafon	*Les derniers Indiens.*
4946. Claire Messud	*Les enfants de l'empereur*
4947. Amos Oz	*Vie et mort en quatre rimes*
4948. Daniel Rondeau	*Carthage*
4949. Salman Rushdie	*Le dernier soupir du Maure*
4950. Boualem Sansal	*Le village de l'Allemand*
4951. Lee Seung-U	*La vie rêvée des plantes*
4952. Alexandre Dumas	*La Reine Margot*
4953. Eva Almassy	*Petit éloge des petites filles*
4954. Franz Bartelt	*Petit éloge de la vie de tous les jours*
4955. Roger Caillois	*Noé* et autres textes
4956. Casanova	*Madame F.* suivi d'*Henriette*
4957. Henry James	*De Grey, histoire romantique*
4958. Patrick Kéchichian	*Petit éloge du catholicisme*
4959. Michel Lermontov	*La Princesse Ligovskoï*
4960. Pierre Péju	*L'idiot de Shangai* et autres nouvelles
4961. Brina Svit	*Petit éloge de la rupture*
4962. John Updike	*Publicité*
4963. Noëlle Revaz	*Rapport aux bêtes*
4964. Dominique Barbéris	*Quelque chose à cacher*
4965. Tonino Benacquista	*Malavita encore*
4966. John Cheever	*Falconer*
4967. Gérard de Cortanze	*Cyclone*
4968. Régis Debray	*Un candide en Terre sainte*
4969. Penelope Fitzgerald	*Début de printemps*

Composition et impression CPI Bussière
à Saint-Amand (Cher), le 2 avril 2010.
Dépôt légal : avril 2010.
1er dépôt légal dans la collection : avril 1982.
Numéro d'imprimeur : 101199/1.
ISBN 978-2-07-037375-8./Imprimé en France.